这才是孩子爱读的三国演义

全 8 册 ③ 群雄逐鹿

[明] 罗贯中 - 原著 梁爱芳 - 编著 燕子青 - 绘

北京理工大学出版社
BEIJING INSTITUTE OF TECHNOLOGY PRESS

版权专有　侵权必究

图书在版编目（CIP）数据

这才是孩子爱读的三国演义 . 群雄逐鹿 /（明）罗贯中原著；梁爱芳编著；燕子青绘 . -- 北京：北京理工大学出版社，2024.3

ISBN 978-7-5763-3125-7

Ⅰ. ①这… Ⅱ. ①罗… ②梁… ③燕… Ⅲ. ①《三国演义》—少儿读物 Ⅳ. ① I242.4

中国国家版本馆 CIP 数据核字（2023）第 224129 号

责任编辑：申玉琴		文案编辑：申玉琴	
责任校对：刘亚男		责任印制：施胜娟	

出版发行 / 北京理工大学出版社有限责任公司
社　　址 / 北京市丰台区四合庄路 6 号
邮　　编 / 100070
电　　话 /（010）68944451（大众售后服务热线）
　　　　　（010）68912824（大众售后服务热线）
网　　址 / http://www.bitpress.com.cn

版 印 次 / 2024 年 3 月第 1 版第 1 次印刷
印　　刷 / 三河市金元印装有限公司
开　　本 / 880 mm × 1230 mm　1/16
印　　张 / 9
字　　数 / 105 千字
定　　价 / 299.00 元（全 8 册）

图书出现印装质量问题，请拨打售后服务热线，负责调换

主要人物

张辽

颜良

文丑

孙权

鲁肃

许攸

曹丕

甄宓

刘表

目录

21 屯土山关羽约三事
—— 土山上的约定 1

22 身在曹营心在汉
—— 得到关羽的人，得不到他的心 15

23 斩颜良诛文丑
—— 美髯公关羽放大招 26

24 关云长千里走单骑
—— 灞陵桥秋凉，曹操的心更凉 39

25 关二爷过五关斩六将
—— 关羽的扬名之旅 51

26 古城兄弟泯恩仇
—— 刘关张再聚首 67

27 碧眼儿掌舵江东
—— 属于孙权的时代来临了 82

28 曹孟德乌巢烧粮草
—— 乌巢，那一把大火 96

29 冀州城曹丕娶甄宓
—— 英雄难过美人关 110

30 刘皇叔策马跃檀溪
—— 天选之子的头顶光环 122

屯土山关羽约三事

——土山上的约定

曹操在董承府中搜出了汉献帝写的衣带诏后，怒不可遏，直言要废了汉献帝，另立一个听话的新君。

谋士程昱连忙劝谏说："因为您现在打着天子的名义号令诸侯，其他人才不敢轻举妄动。若是此时重立新君，其他人必定会趁机生事，恐怕会有大乱。"

曹操听他这么说，才打消了废帝的念头。

但他心头的怒意难消，杀了董承及其在许都的党羽后还不肯罢休，提着一把宝剑就入了宫，直奔董承的妹妹董贵妃而去。

汉献帝见曹操面带怒容的样子，吓得浑身战栗。可董贵妃的肚子里还怀着他的孩子，那胎儿还只有五个月大，汉献帝只得壮着胆子哀求曹操手下留情。

曹操却丝毫不给汉献帝留面子，直接驳回道："陛下，你咬破手指写衣带诏的事，还以为我不知道吗？我不动你是因为你还有用处，休要再多说一句！让我手下留情？让我给自己留个后患吗？"

董贵妃听他这么说，也不挣扎了，只求曹操能给自己留个全尸。汉献帝见状，掩面哭倒在地，却什么也做不了。

曹操处死了董贵妃之后，直接下令将汉献帝严密看守起来，任何人若是没有他的旨意擅自入宫，一律斩首。这一招，直接切断了汉献帝与其他人的联系。

处置完这些人后，曹操又惦记起了同在谋逆名单之上的马腾和刘备。马腾屯兵西凉，暂时动不得，那就去收拾刘备。

于是，曹操亲自率军二十万，分五路直奔徐州。

刘备得到消息后，写下求援书信，火速派人送到袁绍手中。

可此时的袁绍万念俱灰，根本无暇顾及刘备。因为他最疼爱的小儿子重病垂危，让他痛不欲生，什么英雄梦、什么建功立业的心思全都抛到脑后了。

谋士田丰苦苦劝说他振作起来，说曹操此时倾巢出动去攻打徐州，许都空虚，是夺取许都的最佳时机。可他却有气无力地摆摆手，说："我自然知道……可……我儿将死，我也快要死了，要王图霸业有什么用呢？"

袁绍说着，一行清泪顺着憔悴枯槁的面庞流了下来。

田丰苦劝无果，只得将袁绍的原话转告给刘备派来的使者。

刘备收到袁绍不肯出兵相帮的回信，内心是极度崩溃的。他万万没想到，如此千载难遇的良机，袁绍的心里却只惦记着小儿子，根本没把天下当一回事，怪不得曹操看不起他。

可袁绍指望不上了，自己只有之前从许都带出来的五万兵马，该如何应对曹操的二十万大军呢？

张飞提议说："曹兵远道而来，一定困乏，不如咱们趁夜前去劫寨，定能杀他们一个措手不及。"

可鲁莽如张飞都能想得出来的计策，心思深沉的曹操又怎么会想不到，他早就在营寨周围做好了防备，根本不怕有人夜袭。

所以，当刘备和张飞带人刚冲入曹营寨门，就见四面火光大起，喊杀声震天。二人心知中计，急忙撤出营寨，却被几路曹军人马将队伍冲得七零八碎，溃不成军。

等刘备好不容易摆脱了曹军的围追堵截，才发现他早就与张飞走散了，身边也只剩下三十多骑随从。他想返回小沛，却远远地看见小沛城中冲天的火光；想去徐州，又被曹军截断了退路，只得狼狈地向袁绍管辖的青州方向逃窜。

刘备去投奔袁绍，张飞下落不明，那关羽呢？

刘备带着张飞夜袭之前，就让关羽带着自己的妻小驻守在下邳城。眼下，徐州四处都已被曹操攻陷，只有下邳仍被关羽死死守住。

曹操向来爱重关羽的武艺和人品，也不着急强攻，只是派兵将下邳城团团围住，每天让人在城下劝降。

关羽站在下邳城的城门楼上，看着下面黑压压一大片的兵马，不远处还翻飞着曹操先锋夏侯惇的旗号，心里忍不住涌上一阵阵悲凉："兄长与三弟不知所踪，我们兄弟三人辛苦创立的基业再次毁于一旦，这是上天要亡我们吗？"

但很快，他又振作起来，心想："大丈夫难免一死，我关羽从来不惧！可就算是拼到最后一刻，我也要保护好兄长的二位夫人！"

曹操派来劝降的人在城下叫喊了好几天，关羽都不为所动。此时此刻，曹操的内心还在踌躇——帐下的谋士们都劝他及早攻占下邳城，以免被袁绍、刘备杀个"回马枪"；但强攻就要和关羽撕破脸，他心里又实在舍不下关羽。

"世上只有一个关云长，如果他能为我所用，无异于如虎添翼啊！"

谋士们见他实在坚持，也没有别的办法。郭嘉站出来直言不讳道："丞相大人，关云长是义薄云天不假，但他对刘备死心塌地，必定不会投降。咱们的人都只能在城下劝一劝，谁敢去当他的面劝降？可眼下实在耽搁不起了啊！"

正在这时，张辽上前一步，有些迟疑地说："我和云长曾有些交情。要不然我去劝说看看呢？"

程昱思索了一会儿，摇了摇头，说："眼下还不行。文远愿意去自然是好事，可关云长向来心高气傲，仅凭你三言两语，他必然不会轻易投降。待我先用一计，将他逼入一个进退无路的死局，文远再去，必能成事。"

曹操听了心里一喜，忙问："仲德这是心中已有谋划了吗？快说来与我听听。"

程昱献策说："咱们前几日俘获了不少刘备手下的降兵，咱们挑几个识时务的出来，让他们回到下邳城中去做内应，对关羽只说是逃回去的。然后再想方设法引诱关羽出战，等关羽一出城就将他诱到别处，只要让他与下邳城断了联系，他忧心城中刘备的亲眷，必然就不敢鱼死网破。此时再去好言劝降，胜算就大了。"

帐下众人和曹操一起笑开了花，纷纷称赞程昱好计谋。

第二天，关羽照例到城门楼上巡视时，忽然一阵大风刮过，将关羽的盔缨刮落在地。大战在即，盔缨落地，这是不是什么不好的预兆？关羽心头突然滚过这样的念头："吕奉先去年就是在下邳城白门楼丧了命，难不成今日轮到我了？"可他面上不敢流露分毫，装作不经意地捡起来，握在手心。

环顾四周，见身边的将士们都没发现他的小动作，自始至终都如铁塔一般矗立着，他这才松了一口气。

正在这时，城下忽然传来一声暴喝："关羽匹夫！听说你原来不过是个小贩，就你也能领兵打仗？真真可笑！"

关羽定睛一看，原来是曹操的先锋夏侯惇在城下叫骂。也不知道为何今天改变了策略，不再是招安，改为骂阵了，不过是最简单的激将法，不必放在心上。关羽想到这里，依旧云淡风轻地望着城下，仿佛没有听见一般。

夏侯惇见他不为所动，又派小校搬来锣鼓，站到高处去，一边敲锣打鼓一边跟着他高声叫骂，编排了许多不堪入耳的言辞。

关羽依旧不为所动。夏侯惇见状，眼珠一转，开始辱骂起刘备和张飞来："你那卖草鞋的大哥和你那杀猪的三弟还想搞偷袭，就他们也敢跟我们丞相大人玩兵法？三两下就被我们打得屁滚尿流，真是笑死我了！"

关羽一听他开始侮辱自己的两个兄弟，眉头忍不住跳了一跳，枣红色的脸色顿时更加阴沉了。

夏侯惇骂得正起劲，忽然就发现白门楼上已经没有了关羽的身影，连忙示意身边的人准备好。等关羽提着寒光闪闪的青龙偃月刀，骑着高头大马出现在城门口时，夏侯惇大笑着出声问候："关云长，你终于敢出门迎战了？你这缩头乌龟要是再当下去，我都要怀疑你是不是一条汉子了！"

关羽并不跟他比拼嘴皮子功夫，丹凤眼中闪着寒光，提起青龙偃月刀直奔夏侯惇的天灵盖劈去。夏侯惇见状，举起长枪格挡，"当啷"一声，两兵器相撞，发出刺耳的响声。

"来得好！"夏侯惇大喊一声，拨转马头巧妙躲避，嘴上始终骂骂咧咧个不停，时不时还要转防守为进攻，朝关羽刺出一枪，二人就这样你来我往地在阵前绕起了圈子。

关羽始终面色不改，青龙偃月刀护住周身要害的同时，不停地砍向夏侯惇的致命所在，一招一式都虎虎生威，泼墨般的长髯随着他的动作在风中肆意飘飞。

十几个回合一过，夏侯惇渐渐露出不敌之势，他爽朗一笑，说："关云长果然厉害，不打了！不打了！咱们改日再战！"

喊完他就虚晃一招，掉转马头作势要逃跑，一边跑一边嘴上还不饶人，言语之间不断撩拨，试图激怒关羽。

关羽哪里肯轻易放走他，他早就打定了主意，今日誓要拿夏侯惇的人头来洗刷他对自己兄弟三人的羞辱，也要挫一挫曹操的锐气。

谁知夏侯惇今日骑的战马体力出奇地好，始终比关羽的坐骑要快一些。夏侯惇且战且走，还有余力抽空要耍嘴皮子，关羽不知不觉间就追出去了二十多里地。

回过神来时，关羽暗想："不好，不能再追了，万一这是夏侯惇的调虎离山计，下邳可就危险了！"

想到这里，他勒转马头，让跟在自己身后的三千人马赶紧准备回去。就在这时，周围传来一声炮响，徐晃和许褚带人从左右两边杀了出来，截住了他们的去路。

关羽心里更慌了，丝毫不敢停留，只想尽快突围返回下邳。不料，路的两边早已埋伏了数名弓弩手，箭如飞蝗般向他们飞扑而来。关羽只得朝着徐晃、许褚的方向杀去，好不容易杀退了二人，却发现自己也被他们逼到了一条荒芜的小路上。还没等他找出回城的方向，又遇到了带兵等在这里的夏侯惇。

关羽从白天一直鏖战到傍晚，已经有些疲倦了，见夏侯惇精神抖擞地堵住去路，身边还跟着不少弓弩手，只得先暂避锋芒，带着人马转到另一条分岔路上。夏侯惇并不罢休，始终带人跟在不远处骚扰。

暮色中，前方隐隐约约有一座土山映入关羽的眼帘，是了，关羽之前还在这座土山上练过兵。眼前这种形势，也没得选，关羽只好且战且退，带着自己身边仅剩的几百名亲信，朝着土山上退去。

关羽退到土山上还不到一盏茶的工夫，就看见山下四周人头攒动，想必是曹军已经将土山团团围住了。

关羽还在疑惑曹军为什么不攻上来时，就遥遥看见远方下邳城的方向火光冲天。

原来，白天夏侯惇将关羽引走后，曹操就亲自率军攻打下邳城，几个之前安排入城的内应偷偷打开了城门，让曹操顺利进入了下邳城。如今，估摸着关羽已经被逼上土山后，曹操下令在城中四处放火，伪造出城中危急的情况，来迷惑关羽。

关羽在山上看到被火光照红的白门楼上高高飘扬的曹字旗，魁梧的身影一个趔趄，忍不住喃喃出声："坏了！曹军入城，后果不堪设想！兄长将两位嫂嫂交给我，而我……辜负了他的信任。我再也没有颜面见兄长了！"

旋即，他又想道："不行，我不能在这儿坐以待毙！必须回去看一看究竟是怎么个情况！"想到这里，他咬紧牙关，下令身边的人都随自己一起冲下山去。

可他们刚一露面，曹军密密麻麻的箭雨就将他们逼退回去。关羽夜里组织了几次冲锋，都被乱箭堵了回去。两次三番之后，关羽的心里越来越焦灼。

终于熬到天快亮了，微风送来第一抹晨曦，关羽轻轻拂了拂胡须，叹出一口浊气。这胡须是他平日里分外爱惜的，可如今早已挂满了尘霜，他也顾不得了。

关羽正准备组织新一轮的冲锋，就看见山下好像有一人骑马上山。关羽怔怔地望着山下，等人影走近了才发现，那人原来是张辽。

"文远，你是来与我交战的吗？"关羽一脸平静地说。

张辽憨厚一笑，说："非也。云长，我是想起过去与你的交情，还未曾好好谢过你，所以特意求丞相让我上山与你见上一见。"

"没什么好说的，文远，你回去吧。"关羽冷着脸说。

张辽并不将他的脸色放在心上，说："云长过去曾于我有恩，如今你落难，我如何能袖手旁观？我今日特意前来，云长总要让我把话说完吧。"

这句话让关羽的脸色稍微缓和了一些，两人见礼后在山顶找了个地方坐下。

张辽缓缓开口说："云长，我听说玄德和翼德都下落不明，生死未卜。昨日丞相已经带人攻破了下邳城，城中的军民都没有受到伤害，玄德的两位夫人也都被丞相派人保护起来，衣食都极为妥帖。为免云长担心，弟弟今日特来告知你一声。"

关羽听他专往自己的痛处踩，顿时气不打一处来，说："你不必特意拿这种话来威胁我，我如今虽然身处绝境，也不愿受人摆布。你要是只想说这些还是尽早离开吧，我也好快些杀下山去，救得二位嫂嫂便救，若是我败了，横竖不过是一死。"

晨曦给关羽魁伟的身躯镶上了一层金边，恍若神兵天将的模样，张辽直直地看着他，耳边是关羽掷地有声的话语，心头不禁凛然一震。但想到临行前曹操交代的话——无论如何也要劝降关羽——他又逼着自己赶紧镇定下来。

想到这里，张辽闭了闭眼睛，忽然哈哈大笑起来，那笑声震得林中鸟雀仓皇飞逃，一片啁啾。

关羽不由问道："你笑什么？"

张辽一脸正色地说："云长，人人都称赞你熟读《春秋》，义薄云天，可我看你未必是真的懂，你这番话未免要让天下人笑话了！"

"何以见得？"

"你今日一心求死，却不知道已经犯了三宗罪！"

"你且说说我有何罪？"

"这第一宗罪就是不义。想当年，你与玄德、翼德桃园三结义，天下传为美谈，你可还记得当初你们要同生共死的誓言？现在你的大哥和三弟生死未卜，你若战死了，岂不是背弃了桃园之约？"

关羽沉默了。

张辽不给他喘息的机会，继续说："第二宗罪就是无信。你兄长将自己的家眷托付给你，是因为对你无比信任，想着你武功盖世，一定能护她们周全。你只想着保全自己的气节，若是战死了，两位夫人要靠谁去搭救？你若辜负了玄德所托，不就是无信之人吗？

"第三宗罪是不忠。如今天下大乱，群雄并起，你关云长一身武艺、满腹文章，不想着为国尽忠，匡扶汉室天下，只想着赴汤蹈火，逞匹夫之勇，称得上大丈夫吗？"

张辽的这一番话振聋发聩，如三记重锤，重重砸进了关羽的脑子里。他沉吟片刻后，问："文远说得句句在理，那你说我如今该怎么办才好呢？"

张辽说："眼下这种情形，你如果不投降，断然不可能活着走下这座土山。"

一听张辽说到"投降"两个字，关羽的心顿时变得沉重——对于一生光明磊落的关

羽来说，战败投降比死亡更让他难以接受，这情绪实在难以咽下去。

张辽见关羽又开始沉默，只得继续动之以理，晓之以情："云长，我知道你性情孤傲，心中难免觉得屈辱，可眼下，白白送死根本毫无益处……"

张辽说着说着，两行热泪滚出眼眶，他抬起袖子抹去后，这才接着说："我实在是不忍心看着你一身能耐、满腔抱负尽付东流！你若是归降丞相，有朝一日打听到你兄长和三弟的消息，还能再去与他们相会，这难道不比玉碎更好吗？"

旭日冉冉升起，阳光普照大地，也照耀在关羽的身上，紧紧禁锢在他身体外面的一层冰壳也仿佛是被暖化了一道缝隙，整个人都逐渐轻松起来。良久，他缓慢地开口说道："我可以降，但我有三个条件。如果丞相不能答应，我关云长即便是背负着三宗罪名，也宁愿一死。"

"云长，你说——"

"第一，我关云长降汉帝，不降曹操；第二，请用皇叔的俸禄来供养二位嫂嫂，其他人和事一概不许叨扰；第三，一旦打听到我兄长的消息，我必定要走，丞相不可阻拦我离去。"

张辽笑逐颜开，说："云长，你大可放心。丞相大人求贤若渴，一心盼着你归入他的麾下，别说三个条件，就是三十个，丞相大人也会答应的。"

事实正如张辽所预料的那样，曹操听了张辽汇报的条件，当即答应下来。

程昱插话道："第三条有些不妥。假如关羽三心二意，一打听到刘备的消息就要走，那丞相大人收服他还有什么意义呢？"

不等曹操说话，张辽马上说："先生多虑了。关云长最讲义气，他对刘备忠心也是因为刘备厚待于他。只要丞相肯加倍施恩，日子久了，还怕关羽不忠心吗？再说了，战乱之中，人命如飞蓬，刘备未必有命等到与关云长团聚……"

听张辽这么说，曹操也觉得有道理，当即让张辽快马回山上告知关羽，说自己答应了。

关羽也爽快地同意了解甲下山，归顺曹操。

他入城后，先是去两位嫂嫂的住处，见两位嫂嫂果然一切妥帖，这才去见曹操。

曹操亲自出来迎接他，隔大老远就大笑着说："云长，从我第一次见到你，就十分仰慕你的人品武功，如今我得偿所愿，聊以慰藉平生之望。老天爷待我不薄啊！"

关羽则是一脸平静地跪下行礼，说："云长不过是个败兵之将，多谢丞相错爱。文远想必已经把我的要求带给您了，还望丞相信守承诺。"

曹操一把扶起关羽，笑着说："云长放心，我既然答应了，就一定不会食言。"

关羽又请求说："我心中十分惦记兄长，一旦得知兄长去向，赴汤蹈火也要前往追随。到时候恐怕来不及辞行，还望丞相勿怪。"

曹操还是笑呵呵地说："这是自然，云长忠义，我也甚是佩服。一旦有了玄德的消息，我定会第一时间告知于你。"

话是这么说，可曹操的心里想的却是："刘备啊，拜托你就死在乱军之中吧！"

趣味链接

三国十大降将

在《三国演义》中,像关羽这样战败后被迫投降的武将不在少数,但这种"污点"似乎并不影响他们的名将声誉,今天就让我给大家盘点一下三国里有名的几位降将吧!

序号	人名	原来的主公	投降后的主公	主要功绩
1	张辽	吕布	曹操	大破乌桓;合肥之战时,以少胜多,威震逍遥津
2	姜维	曹睿	刘禅	北伐曹魏,九进中原
3	徐晃	杨奉	曹操	参与赤壁之战、汉中之战、官渡之战等
4	甘宁	刘表	孙权	百骑劫曹营;参与合肥之战,保护孙权蹴马趋津
5	太史慈	刘繇	孙策	神亭岭大战孙策,助孙策扫荡江东;替孙权威慑刘磐,管理南方
6	魏延	刘表、韩玄	刘备	献长沙;生擒孟获等
7	黄忠	韩玄	刘备	汉中之战中斩杀夏侯渊
8	严颜	刘璋	刘备	汉中之战,辅助黄忠夺取定军山
9	马超	张鲁	刘备	起兵反曹,失败后归顺张鲁;成都之战时,受张鲁猜忌转投刘备,刘备平定西川后,迁升马超为平西将军
10	张郃	袁绍	曹操	参与攻打邺城、江陵破吴、街亭破蜀等

身在曹营心在汉

——得到关羽的人，得不到他的心

每个人都有一些小癖好，曹操最钟爱的就是网罗各种各样的人——美人和英雄，都是他难以割舍的心头宝。

自从"温酒斩华雄"见过关羽一面，曹操便对关羽"情有独钟"，时常感慨地说："这辈子若不能让关羽这样的英雄为我所用，我枉来这世上走一遭哇！"

所以，当尘霜满面的关羽带着满身的失意来到他面前投降时，曹操的心简直快活得要飞上天了。

存了一点炫耀的心思，第二天他就下令整顿兵马班师回许都。一回到许都，他就频频摆酒设宴，邀请满朝文武都来参加，关羽被他奉为酒宴的贵客，安置在上座，以示优待。

不仅如此，曹操又是送美人，又是送绫罗绸缎，又是送金银器皿，凡是他能想到的，都想给关羽送上一些……关羽推都推不掉，只得收下后送到内宅交给两位嫂嫂处理。

曹操从不避讳对关羽的偏爱，他对关羽的偏爱也体现在很多细微之处。他见关羽异常爱护自己的长胡须，就命人以纱锦制作了精致纱囊，赠予关羽保护胡须。

曹操不仅对关羽厚待有加，称赞也是信手拈来："云长真乃襟怀磊落的好男儿、顶天立地的大丈夫，旁人都不及他！"

曹操之所以这么笃定,是因为他亲自试探过关羽的人品。

那是在收服关羽后班师回许都的路上,一天傍晚,大军驻扎下来休息,曹操故意给关羽和他的两位嫂嫂只安排了一间房,企图乱了他们的君臣之礼。

关羽当时并未发作,他将刘备的两位夫人送到房门前,恭敬地行礼,说:"今晚就请两位嫂嫂暂且在这里委屈一晚上,我亲自在门前为两位嫂嫂守夜。"

刘备的两位夫人担惊受怕了多日,哪里还顾得上多想,进屋简单梳洗后就沉沉睡去。关羽就站在院中,一手托着烛台,另一只手放在腰间的佩剑上,时刻警惕着。

夜越来越深,一个人影慢慢出现在墙角,那是曹操派来观察情况的人。关羽敏锐地捕捉到了这丝变化,低声喝道:"谁?想试试我的宝剑吗?"

人影剧烈地一晃,很快就消失了。

不一会儿,一身黑衣的探子跪在曹操的床前,低声禀报说:"关羽手持烛台站在院子里守夜,刘备的两位夫人睡在室内。"

"关羽解甲了吗?"曹操问。

探子回答说:"没有解甲,腰间还挂着宝剑。"

"一个时辰后,再探再报。"

"是!"

一整晚,关羽都守在两位嫂嫂门前,没有一丝一毫懈怠。曹操也一整晚没睡,天明时,探子最后一次来报后,他才躺在床榻上,大睁着双眼望着帐顶,喃喃自语道:"刘备,你上辈子到底积了什么德?今生能得到关羽这样的好兄弟!"

回到许都后,曹操给关羽拨了一座大宅子作为府邸,关羽将内宅留给两位嫂嫂居住,自己住到外院去,还特意调来了十名老兵为两位嫂嫂把守内门。他自己每隔三天就要在内门外向嫂嫂们恭敬地行礼问安,得到嫂嫂们"叔叔自便"的回复后才敢退去。

甘夫人因为梦见刘备遇到了危险,醒来后和糜夫人讨论,两人都担忧地哭倒在地。

侍从将此事禀报给关羽后,关羽火速赶到内门外跪倒在地,轻言宽慰。

这番周全的礼数,让曹操听说后都叹服不已。

某一天,曹操看到自己送了关羽那么多锦缎华服后,关羽仍旧每天穿着一身破旧的绿锦战袍。那战袍原本的绿色已经褪去了不少,领口、袖口与袍角都磨烂了。曹操还以为是关羽只喜欢这种样式,又特意吩咐侍从用上好的锦缎照着这个样式新做了一身。

锦袍做好后,曹操亲自将它披到了关羽的身上,亲热地拍了拍关羽的肩膀,笑着说:"云长,你看我的眼光怎么样?是不是特别合身?哈哈哈哈!"

关羽略微有些窘迫,还想再推辞。程昱马上称赞道:"云长将军穿上这袭锦袍,更显威武了!"

众人都随声附和,关羽只得鞠躬谢恩,说:"多谢丞相大人厚赏。"

曹操这才心满意足地点了点头。

不承想,第二天再见到关羽的时候,他倒是穿上了曹操送的锦袍,可外面罩着的还是昨天那件破旧的绿袍!曹操忍不住眉头一皱,问:"云长,你穿衣服怎么这么节俭?既然有了新袍子,为何还要穿旧袍子呢?"

关羽一脸坦然地开口说:"不敢欺瞒丞相,我也并不是为了节俭。这件绿锦战袍虽然旧了,却是我大哥所赠,我穿在身上就好像大哥在我身边一样,怎么舍得丢弃呢?"

"云长是真正的义士啊!"曹操嘴上虽然夸赞着,心里却很不服气,"我是堂堂大汉朝的丞相,他只是一个破落的皇叔,我只会给你更多。"曹操心中的胜负欲更重了。

只不过,他送的东西再多,也只有送关羽赤兔马那一次,从关羽的眼睛里短暂地看到过欣喜的光芒。

那是一次宴饮散去后,曹操亲自将关羽送出府门,见侍从牵来的关羽坐骑是一匹瘦马,十分不解。关羽解释说:"我的身躯太重了,寻常的马儿都承受不住,就会变得越来越瘦。"

曹操笑着说："既然如此，那我送你一匹好马吧！"说着，就命人去将鞍辔一新的赤兔马牵来。

"人中吕布，马中赤兔"，这马的名气关羽早有耳闻。

当他听到"嗒嗒嗒"的马蹄声时，抬眼扫过去，就看见有个小校牵着一匹高头骏马缓步走了过来。那马儿通身毛发红得像炭火一样，四肢精瘦修长，鬃毛飞扬似云，只是站在那里就有说不出的矫健气派。

关羽虽然对衣、食都没啥要求，也不好那些虚荣浮华的金银绸缎，但是作为一名征战沙场的男人，要说他对赤兔马一点都不心动，那是假的。

因为，没有人能拒绝得了赤兔马的魅力。

关羽情不自禁地伸出大手抚摸赤兔马的脖颈。他的手掌宽厚，骨节修长有力，指腹上还带着常年操控青龙偃月刀磨出的老茧，触碰到锦缎一般的马身时，人和马都是身躯一震——关羽感觉到赤兔马神骏外表下蕴藏的无穷力量，赤兔马感觉到大掌传来的一阵发自肺腑的怜惜，它瞬间便温驯地垂首闭目，任由关羽摩挲。

"哈哈哈哈！云长，你和赤兔马有缘啊！以后这就是你的马了！"曹操大笑着说。

关羽一脸欣喜地郑重向曹操拜谢，恨不得马上就骑上它跑上几圈。曹操看关羽喜欢的样子也很满足，自己送了关羽那么多东西，终于有一样送到关羽的心里去了。

"云长，看来你不爱财宝，也不爱美人，你爱的是名马呀！"曹操以为看透了关羽，"人嘛，各有所好，这很正常。"

不料，关羽却十分耿直地回答说："不是我贪恋名马，实在是一想到这匹马能日行千里，我心里就异常欢喜。日后若我得知了兄长的下落，骑上这马就能快一点找到兄长了。"

曹操被他说得一脸愕然，忽然有点后悔送他赤兔马了。

待关羽离开后，曹操忍不住一脸挫败地问张辽："我待关羽不薄，他为何总要想着

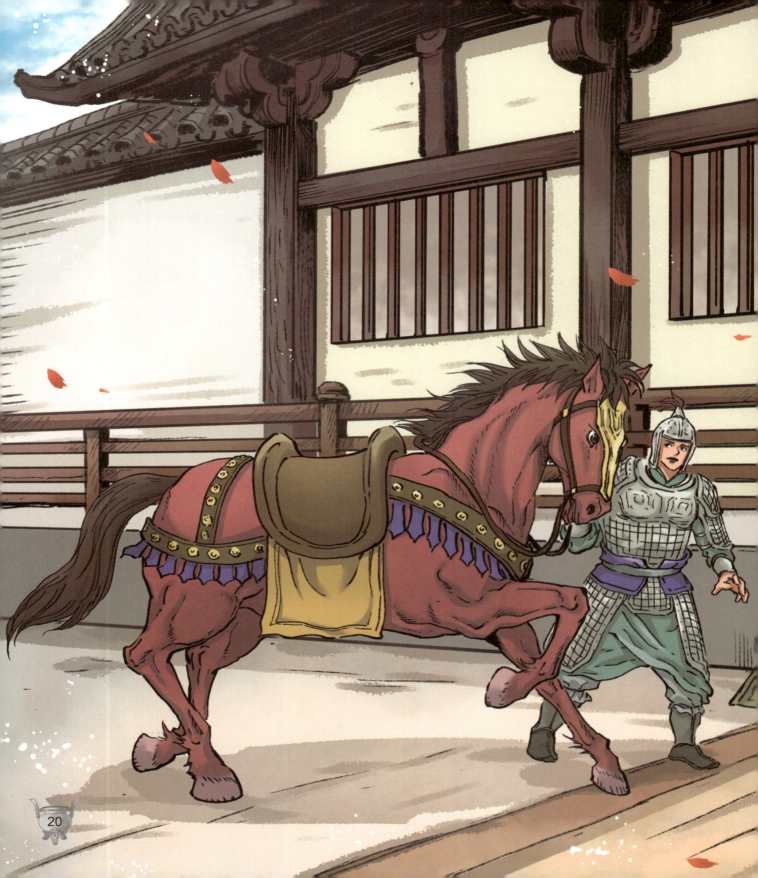

离开？"

张辽连忙安慰说："丞相莫急，待我明日去找关羽聊一聊，打探一下具体情况。"

第二天，张辽到关羽府上拜访时，关羽正在为赤兔马梳理鬃毛。

张辽直截了当地问："云长，你到丞相麾下已有多日，可曾受到怠慢？"

关羽回答说："丞相待我十分优厚，不曾有怠慢。"

张辽继续说："云长，俗话说，'处事不分轻重，不是大丈夫所为'。玄德待你未必有丞相这么好，你为什么一心想着离开呢？"

关羽一脸平静地开口："文远这话好没道理。丞相待我固然优厚，但我早已接受了我兄长的厚恩，发誓要同生共死，不可背叛。我终究是要离开这里的。"

"可是……"

关羽轻柔地抚摸着马背，说："没什么可是的。文远，这事咱们之前约法三章，不是都说好了吗？你又何必再多言呢？"

张辽一脸急切地说："可是，如今刘皇叔下落不明，你既然已经投到了丞相麾下，何不图谋建功立业？总是这样对过去念念不忘，不是白白浪费大好时光吗？"

关羽说："我是要建功立业，但也只是为了报答丞相的厚待。我会在还完恩情后再离开。"

张辽急了，口不择言道："那要是刘皇叔已经去世了呢？你离开了又能去哪里？"

关羽斩钉截铁地说："若兄长不幸遇难，我关云长绝不独活，愿去地下追随兄长！若我大哥健在，千里万里我也一定要去寻他。"

这话落在张辽耳中，如雷霆之声，挟着千钧之力。张辽愣了半晌，才又讷讷开口说："这些话，你早就想好了吧。"

关羽一脸平静地说："这些话，每天晚上都会在我的脑海中翻滚千百遍。"

"人心难测，你就不担心你大哥和三弟误会你吗？毕竟你投靠丞相，天下皆知。"

张辽追问道。

关羽依旧平静，说："如果真有那么一天，我愿以死明志。"

张辽彻底没了言语，只得回去向曹操复命。他不敢也不忍心将关羽的原话全盘托出，只说关羽的一颗心还在他兄长和三弟身上，还念着桃园三结义的情分。

曹操何等聪明，早从张辽沮丧的眼神里猜到了八九分，他长叹一口气，说："罢了，侍主不忘其本，云长是个有恩必报的人。"

荀彧说："既然他说要立功报答完丞相的恩情再离开，那就不教他立功好了，这样他就不能离开了。"

曹操点点头说："你说得对，能多留一时是一时。我还得再多给他一些厚赏，教他没那么容易离开才好。"

趣味链接：刘邦的三条临时法律

在本回中，关羽和张辽的对话中提到了一个成语——约法三章，这个成语典故和汉朝的开国皇帝汉高祖刘邦有关。

故事得从秦朝末年楚汉争霸说起。秦朝末年，暴政和严刑苛法导致农民起义大规模爆发，经过大浪淘沙后，有两位起义军领袖脱颖而出：一个是汉王刘邦，另一个是西楚霸王项羽。二者为了争夺最终的政治控制权展开了一系列的大规模战争，历史上称为"楚汉争霸"。

一开始，项羽凭借过人的武力天赋占据了优势，他一路上风卷残云，打了无数胜仗。刘邦虽然实力不如项羽，但懂得虚怀纳谏，在谋士的建议下，他收拢民心，最终称王。

按照当时楚后怀王熊心与各路诸侯定下的约定，谁先入关，谁就可以称王。刘邦当时抢先项羽一步进入函谷关中，但他并没有着急称王，而是封存皇宫和国库，不动一分一毫，然后把精力都花在争取民心上。他对关中的百姓说："秦朝的严刑苛法把众位都害苦了。今日我废除秦朝的所有法律，众位只需要遵守我新制定的这三条法律：杀人者处死，伤人者治罪，偷盗抢劫者要被严惩。"

百姓一听还有这样的好事，都十分拥护刘邦，生怕以后若不是刘邦称王就还要再过苦日子。因为坚决执行这三条"临时法律"，刘邦迅速得到了老百姓的广泛支持，为他最终建立汉室天下，奠定了坚实的群众基础。

后来，人们就用"约法三章"来泛指约定简单的条款，相互遵守。

斩颜良诛文丑

——美髯公关羽放大招

在曹操那边被盛情款待的关羽有些烦恼，投奔袁绍的刘备每天也烦忧不已——自己现在落到这般田地，上不能报国，下不能保家，该怎么办才好呢？

建安五年（公元200年）的春天，寂静的中原大地被战鼓声催醒。在刘备的极力主张下，袁绍的三十万铁骑踏过黄河，进攻曹操的地盘白马。

此次带队的先锋是名震天下的大将军颜良，袁绍手下的大杀器之一。

曹操听说后，先使了个声东击西之计，假装要去进攻袁绍大本营，逼得白马的袁军不得不撤走大半，然后他才亲自率领十五万兵马去解白马之围。

曹操出发前，一心想要还清曹操恩情的关羽就上门主动请缨，愿意为先锋。曹操一口回绝了，说："杀鸡焉用牛刀？颜良不过是个没有头脑的莽夫，用不着劳动云长。"

不料，一到白马曹操就被打脸了。这个颜良确实骁勇善战，人狠话不多，抡起大刀就是砍，一口气连杀曹操麾下两员大将。

曹操有些烦闷，出师不利，这也太丢脸了。于是，他派出大将徐晃迎战，想将掉在地上的脸面给捡回来。可徐晃没能完成这项任务，只勉强在颜良手下应付了二十招，就不得不败走保命。

曹操赶紧下令收兵，颜良也暂时领兵退去。

"没想到颜良这么厉害！"众人聚在曹军大帐中议论纷纷，心中难免忐忑不安：连徐晃都只能勉强与颜良交战二十个回合，还有谁能挽救这个危局呢？

曹操一手扶着自己隐隐作痛的脑袋，歪着身子闭目深思，他忽然想起一件事——之前十八路诸侯讨伐董卓的时候，一众将领都打不过华雄，袁绍曾感慨地说："要是我的爱将颜良、文丑在，怕什么华雄？"

曹操忍不住叹出一口气，问："你们谁能打败颜良？"

中军帐中静得出奇。

过了好一会儿，程昱才缓步上前，说："主公，我心中有一个合适的人选，必能打败颜良。"

"谁？"曹操立刻来了精神。

"关羽，关云长！"程昱开口道。

关羽当年"温酒斩华雄"，一战成名，帐中不少人当时就在场，对此记忆犹新。此时听程昱提及关羽，不免都心中一喜，关二爷那是一般人吗？他一定能除掉颜良！

不料，曹操却摇了摇头，说："不，不行，关羽立了功就要离开，我不能让他抢这个功劳……"

程昱脸上浮现出一抹胜券在握的笑容，说："主公别急，先听我细细说完。刘备此时想必已经投靠了袁绍。若是让云长出战，在阵前众目睽睽之下斩杀了颜良，以袁绍的性格，他必定会怀疑刘备，一怒之下将刘备杀了也不是不可能。若是这样，关羽的后路就算彻底断绝了。关羽若是再为兄长报仇将袁绍也除掉了，那主公……"

不等程昱继续说下去，曹操立刻大笑出声："妙！妙啊！横竖都没有损失。"想了想他又问："你确定刘备就在袁绍帐下？"

"他走投无路，十有八九会去投奔袁绍。"

"正合我意，就这么办。快去请关羽！"

关羽得到消息后，立马提起青龙偃月刀，骑上赤兔马，带着几名随从直奔白马来见曹操。他只想快些立功，还上曹操的人情，日后一旦得到兄长的消息，马上就能离去。

曹操一见到关羽，立刻开口说："云长，那颜良已经斩杀了我两员大将，勇不可当，故特请你来商议。"

关羽镇定地说："容我观察观察。"

曹操于是领着关羽来到高处的一座土山上，指着山下排列整齐的颜良军队说："这些都是河北士兵，威武雄壮。"

又点了点阵前麾盖下穿着绣袍金甲的人，说："手持大刀，骑在马上的那个人就是颜良。"

关羽冷冷一笑，说："徒有其表，倒像是个插草标卖脑袋的匹夫！"

曹操假装关心地劝说："云长，你可不能轻敌啊！颜良是袁绍帐下第一名将，自统兵以来从没打过败仗……"

关羽也不等曹操多说，转身朝曹操微微行礼，说："我愿意去取那颜良的首级，献给丞相！"

说罢，关羽袍袖一卷，一个翻身骑上赤兔马，紧接着一扯马缰绳，赤兔马打个响鼻，碗口大的蹄子在空中一跃，似一团火焰一般冲向对面的阵营，朝着万军之中的颜良奔去。

颜良此时正在阵前观阵。他用眼角的余光瞥见自己身边的精兵强将和排列整齐的士兵，心头暗自得意。可他还没有得意多久，忽然就听见对面传来一阵骚动，敌军中突然冲出来一人一马，那人单手提着青龙偃月刀，丹凤眼圆睁，射出犀利的目光；那马高大健硕，似一团火云一般快速移动。

颜良大吃一惊，因为他发现，自己前方的将士成片倒下，由远及近地闪出一条通道，任由那团红光倏忽间席卷到自己跟前。

颜良知道自己应该举起大刀，像之前所经历的千百次恶战一样，挡住敌人的利刃，可他似乎没有这个机会。在绝对的速度面前，他成了泥雕木塑，毫无还手之力，只感觉到冰凉的刀刃贴上了自己的脖颈，他甚至听到了皮肉被斩断的声音。

"咔嚓！"

颜良从马上跌落在地，没来得及说一句话。

下一个瞬间，关羽从赤兔马上俯身，捡起颜良的首级，拴在马脖子上，而后，一手持缰绳，一手挥舞着青龙偃月刀，如入无人之境般冲出敌军阵营。

颜良所率领的十万袁绍先锋大军全都呆若木鸡，他们从来没有见过这么快的马、这么胆大的人、这么迅捷而恐怖的绝杀！

这不是死神是什么？不逃命还等什么？袁绍的大军瞬间骚乱四起，人仰马翻，众人丢盔弃甲、哭爹喊娘。

曹军趁机发起冲锋，袁军死伤无数，大量马匹器械被丢下。

曹操见状，高兴得嘴巴都快咧到耳朵边了，他快步上前迎接归来的关羽，拍了拍他的肩膀，大声说："哈哈哈，云长将军真乃神人也！"

曹操身后的众将士也都围上来向关羽道贺，望着关羽的目光热烈得如同仰望天神一般——这个人刚刚于十万大军中摘了敌军主帅首级，却气不长出、目光平静，仿佛不费吹灰之力！太神勇了！太可怕了！

面对众人的恭维，关羽微微一笑，谦虚又骄傲地说："这不算什么，若是我三弟张翼德在此，于百万军中取敌军上将首级，亦如探囊取物一般简单！"

曹操和帐下的将领们个个面色一变，露出心惊的神色。

事后，曹操还悄悄吩咐身边侍从："快把张翼德的名字写在我的袍襟下面，以后若是遇到了他，我也好当心这个人！"

心惊归心惊，关羽斩了颜良，还是要厚赏。曹操亲自写了奏表上报朝廷，为关羽请

封汉寿亭侯，并铸金印送给关羽。

却说颜良被斩后，率领的大军被曹军大败，逃出来的残部一路向袁绍驻军方向逃亡。逃到半路上，正巧遇到了率领大军前来接应的袁绍。袁绍听到自己的先锋将军颜良被人一刀砍翻在地，只觉得气血上涌，浑身发抖，连声质问："谁？是谁干的？"

"并不知晓敌将姓名。"

"长什么模样？"

"那是一个长胡子的红脸汉子，穿绿袍，骑红马，手里使一把偃月刀。"

一旁的刘备顿时心里一惊："这说的难不成是我二弟云长？他怎么到了曹操那里？"

还不等刘备想出对策，忽然听到袁绍身边有人说："听这描述，这个人肯定就是刘备的二弟关羽！"

未等众人说话，那人又幽幽地开口："这未尝不是里应外合之计啊！"

说话的人名叫沮授，是袁绍的监军。他虽然平日里不爱说话，却是个极有韬略的人。

听沮授这么说，袁绍的脸色瞬间气得通红，他猛地用手指着刘备，质问道："你们兄弟居然算计到我头上了？那还留你何用！来人！给我将刘备推出去斩了！"

被刀斧手押着的刘备心中一窒，勉强稳住面上的神色，替自己辩解道："将军，只凭只言片语，您就要断绝了我们往日的交情吗？普天之下长得相似的人多了去了，赤面长须的就一定是关羽吗？"

袁绍这个人素来没有主见，听了刘备的话，想想也觉得有道理，就让人松开了刘备。

刘备站稳了身子，意味深长地瞥了一眼沮授，不疾不徐地说："将军，您身经百战，自然知道阵前动摇军心是大忌。那曹操向来诡计多端，我们要是中了他的圈套，可就危险了啊！"

刘备这话听上去云淡风轻，可沮授听完心中立刻警铃大作，有些后悔自己刚才把矛头直接指向了刘备。他还没来得及出言转圜，袁绍责备的话已经落下来了："都怪你冒

冒失失，险些害我错杀了刘皇叔！"

沮授闻言闭了嘴，不敢再多说一句话。

袁绍请刘备入大帐坐下，一起商议如何为颜良报仇。正在这时，忽然听见帐外传来一阵擂鼓般的脚步声。刘备抬眼一看，就见帐外忽然冲进来一员大将，此人身材高大、粗壮，力气也很大，活似一座会移动的铁塔。

袁绍连忙开口为刘备介绍道："这是我麾下和颜良齐名的大将军文丑，和颜良亲如兄弟。"

文丑的嗓门也大，一张嘴就震得大帐中嗡嗡直响。文丑大叫道："请主公允许我出兵，为我兄长报仇雪恨！曹阿瞒害死我兄长，我要把他撕碎了喂狗！"

说着，他恶狠狠的目光瞪向了刘备，显然关羽斩杀颜良的消息也传到了他的耳朵里，他那眼神似乎在说："等我宰了曹阿瞒，再来收拾你！"

刘备转过头假装没看到，耳朵却竖起来仔细听着袁绍和文丑的对话。

袁绍见文丑主动请战，当即同意拨给文丑十万大军，渡过黄河去找曹操报仇，还承诺说："只要你能报颜良之仇，要多少军需都不是问题。"

"主公，不可意气用事啊！"沮授忍无可忍，开口劝谏道，"现在渡河太危险了，一旦被曹操阻击，就断了生路！最好的策略就是在延津屯兵，然后分一部分人马去攻打官渡……"

"够了！"沮授的话还没说完，就被袁绍粗暴地打断。袁绍没好气地数落他："我刚才都没有计较你扰乱军心的罪过，你怎么还敢胡言乱语？快给我退下！"

沮授被呵斥得说不出话来，从大帐中退出来后，他的心里默默闪过一个念头：袁家要完蛋了。之后，沮授以生病为由，不再参与议事。

大帐内的刘备见袁绍下定决心出战，马上上前说："将军，我来到您的帐下还没有立过功劳，心里惴惴不安。我愿意同文丑将军一起上战场，一来报答您的恩情，二来如果遇到那个赤面长须的人，也好亲自辨一辨究竟是不是云长。"

袁绍很高兴地答应了。

不料，文丑却鼻子一哼，傲慢无礼地对刘备说："我听说你几乎屡战屡败，你跟我上战场太不吉利了，主公既然答应你同去，那你就领三万后军负责支援吧！不求你立功，只要不拖我的后腿就好了！"

刘备担心再生变故，懒得与文丑争口角，只是讪笑着恭维了文丑几句，那副样子，在文丑眼中显得懦弱又多余。

曹操听闻文丑率领十万大军渡过黄河、占据延津的消息后，也开始排兵布阵，准备迎敌。

可他的操作太不寻常，把将士们都看傻眼了——曹操让军队掉转方向，以后军为前军，以前军为后军。这样就变成了粮草在前，将士在后的行军模式。

有耿直的将领直接问曹操："这是什么打算？"曹操笑而不答。

众人忍不住在心里嘀咕："丞相大人这不是给河北人送粮草吗？"但军令如山，大家也只得遵从。

很快，前方就传来粮草被文丑军队抢走了的消息。曹操不仅不着急，反而吩咐将士们就地休息，将盔甲都脱下来扔掉，马匹也全部散放。

众人一听，惊得眼珠子都快要掉地上了，只有谋士荀攸了然地看向曹操。曹操与他相视而笑，尽在不言中。

文丑的大军这次算是大开眼界了——这仗打得太爽了，一刀一枪还没动过，就捡了无数装备，赚得盆满钵满。曹操的军队竟然这么怂吗？一听说文丑将军的名号就望风而逃了？一定是这样的。

为了抢夺粮草和战马，文丑的军队变得杂乱无序，队不成队。正当他们得意扬扬地占便宜时，曹操的人马忽然从一座土山上杀出，好似飓风席卷人海，文丑的军队连迎战的姿势都没有摆好，就被冲得七零八碎。

文丑急得大叫："都给我稳住，保持阵形，不许乱跑！"

可他的嗓音纵然再洪亮，也敌不过千军万马袭来的声浪，手下的将士们乱作一团，遭马匹踩踏者、被枪戈所伤者不计其数。

文丑不能禁止将士们窜逃，自己孤军奋战也难敌四手，只觉得大势已去，连忙掉转马头准备逃跑。可在高处的曹操早已料到了他的打算，指挥徐晃和张辽两员大将一起飞马前去捉拿文丑。二人立功心切，迅速堵住了文丑的去路。

文丑临危不惧，拈弓搭箭，一箭射中了张辽的盔缨。张辽还想再战，又被文丑一箭射中了坐骑的面颊，那马儿痛苦地嘶吼一声，将张辽摔下马来。

文丑还想乘胜追击，取了张辽的性命，就见徐晃抡起大斧冲了出来，截住了文丑的攻势。徐晃与文丑交战了几个回合，也渐渐不敌，只得掉转马头往回跑。

文丑追到一条河边，忽然失去了徐晃的踪迹，正准备往回撤退时，突然听见一声暴喝响起："贼将！休要走！"

文丑回头一看，当头的将领赤面、长须、绿袍、红马，这不就是害死自己兄长的敌将吗？他顿时血往上涌，两只眼珠霎时通红，暴喝一声："就是你害死我兄长？来得好，拿命来！"

然而，两人交战不过三个回合，胆怯就将文丑的心紧紧塞满："没想到我文丑自命不凡，却根本就不是这人的对手！"

文丑见势不妙，掉转马头就想要绕河逃跑。不承想，关羽的赤兔马疾似闪电，很快就追上了他。关羽臂长刀快，扬起青龙偃月刀，快速挥下，只一刀就将文丑斩落马下。

高处观战的曹操和荀攸见状，又相视一笑，说："现在可以去把我们丢失的粮草和马匹夺回来了。"

趣味链接：颜良和文丑长什么样子

在本回中，河北袁绍手下的两员大将——颜良和文丑，都被关羽火速斩于马下。那么，同学们是否会好奇，这哥俩的长相是什么样子的呢？

在《三国演义》的原书中，作者对颜良的描述很符合我们对将军的印象："绣袍金甲，持刀立马"。虽然可能没法和吕布、赵云那种高颜值将领媲美，但也算得上是仪表堂堂。可到了文丑这里，作者却说他"身长八尺，面如獬豸"。什么是獬豸呢？獬豸是中国古代神话传说中的一种异兽，外形似羊非羊，似鹿非鹿，双目炯炯有神，脑门上长着一只角，浑身披着浓密的黑毛，体形大一点的和牛差不多，小一点的和羊差不多。这相貌，怎么看都和人不沾边。所以有人说，文丑的"丑"，名副其实。

但是，传说中的獬豸虽然相貌凶恶，却聪明至极，它懂人言、知人性，一双眼睛能参透是非黑白、忠奸善恶，一旦发现了贪官，就用独角将其撞倒，再吞下肚腹。所以，在古代，獬豸象征着公平、正义，监察御史和司法官员等会戴獬豸冠或穿绣有獬豸形象的官服，以示廉明正直、执法公正。獬豸图也是官府衙门中不可缺少的装饰品。

关云长千里走单骑

——灞陵桥秋凉，曹操的心更凉

有那么一个瞬间，刘备觉得自己已经死了。

他作为后军，到达战场时，恰好遥遥望见关羽斩杀文丑。他还没来得及招呼关羽相认，就看见曹操率领着大队人马杀过来，曹军将士左冲右突，所向披靡，刘备不敢与他硬碰硬，只得收兵回营。

等他回到营寨时，文丑被斩杀的消息已传到了在官渡驻扎的袁绍耳朵里。

袁绍派人将刘备五花大绑着捆到中军帐中，怒问道："大耳贼，我看你这次还有什么话说？杀颜良和文丑的究竟是不是你的好兄弟关羽？"

刘备勉强让自己镇定下来，他吃力地点点头，说："是……是关羽……"

"好呀！来人！把刘备推出去斩了！"袁绍的话音刚落，就有行刑的刀斧手冲上来。

"且慢！将军，容我说一句话再死。曹操一贯诡计多端，他一定是知道了我依附于你，才故意让云长出战诛杀二将，为的就是借你的手除掉我……"刘备争分夺秒地为自己谋取一线生机，语气是前所未有的焦急。

幸好，他条理清晰的言语再次打动了袁绍，袁绍忽然想起，刘备头上还顶着一个皇叔的帽子，轻易杀不得。况且，因为衣带诏的事情，曹操誓要杀刘备，他们确实不太可能联手。

想到这里,袁绍心里一松,连忙呵退左右,亲手解开刘备身上的绳索,请刘备入座,一脸诚恳地说:"玄德公的话有道理,是我冲动了,险些中了曹贼的奸计。"

刘备对袁绍拱手行礼,说:"将军的宽仁我无以为报。我愿意写密信一封,将军可派一心腹之人带去见云长。我二弟是个义薄云天的好汉子,只要见了我的密信,一定会来投奔我。到时候,将军可添一员鼎力干将,如此可好?"

袁绍闻言大喜:"要是能得到云长,那真是再好不过了。关云长的能耐,胜过颜良、文丑十倍。"

于是,刘备来到书案边,整了整衣袖,提笔在纸上写信。袁绍也跟到书案边,见刘备的字迹龙飞凤舞,不禁啧啧称奇。待看到书信的最后,刘备痛心疾首地问关羽:"还记得桃园结义时发过的誓言吗?如果二弟求的是高官厚禄、富贵荣华,哥哥我愿意献上自己的人头来成全你啊!"袁绍不禁哑然失笑,暗道:"这刘备看着斯文憨厚,倒是专会朝人的心口扎刀子!"

关羽接到刘备的信后,确实感到很扎心,他那不肯洒落在人前的男儿泪,此刻再也忍不住了。关羽抬起胳膊狠狠地擦了几次,眼睛依旧是模糊的。当看到最后刘备含怒带怨的诘问时,关羽禁不住号啕大哭起来:

"兄长,连你也不懂我吗?我怎么会贪图富贵而背弃誓言呢?不去寻兄长,不过是因为不知道你在哪里。若不是要保全两位嫂嫂,为了能再见兄长一面,我关云长哪能苟活到今日?我堂堂九尺男儿,是贪生怕死的人吗?"

越想,关羽的眼泪就流得越发汹涌,怎么也止不住。

来送信的这人名叫陈震,是袁绍的部下,此时见关羽哭得情真意切、不能自已,连忙诱劝道:"云长将军既然没有背叛玄德公,何不速速去见玄德公呢?"

关羽闻言,连忙止住哭声,正色道:"你说的极是。不过,我归降曹操时光明正大,离开时也不能不清不楚。请你先行一步，帮我带一封信去给我兄长，我去辞别曹操后，立刻护送两位嫂子去见兄长。"

送走信使后，关羽立刻去见刘备的两位夫人，说明情况。

两位夫人见关羽面露难过之色，连忙开导道："二叔不要伤心，主公也许有什么不得已的苦衷……"

关羽心中猛地惊醒："是啊！袁绍那样心胸狭隘的小人，兄长在他帐下也得谨言慎行，言不由衷也是有的。"

想到这里，他释怀了，还出声安慰两位嫂嫂："不管怎么样，总算知道了兄长的下落，两位嫂嫂赶紧收拾行李，我这就去向曹操辞行，等我归来咱们就出发去找兄长。"

甘夫人蹙眉低声问："曹操真的愿意放我们走吗？"

加官晋爵、宝马金印、美女财宝，曹操想留住关羽的心昭然若揭，甘夫人和糜夫人都看在眼里，心里忍不住打鼓。

关羽沉声道："我心意已决，不管他愿不愿意，我们都要离开。"

然而，一连两天，关羽到丞相府求见曹操，都没有见到人。

他想去张辽家打探情况，说明去意，张辽也托病不见。

一连两天，曹操都躺在床上，头疼欲裂。他知晓关羽的来意，也知道自己留不住他，这才故意回避不见。

第三天一早，当听到门房传报，说关羽在门外求见时，一阵撕裂般的痛感瞬间涌上了曹操的脑袋。程昱侍立在一旁，对曹操的"病"心知肚明，他试探着问："今日还是不见关将军吗？"

"不见。"曹操说完翻身向内，背对着所有人。

第三次被拒门外的关羽，忍不住长叹一口气，他想要体面地告别，光明正大地离开，眼下怕是不行了，已经不能再耽搁了。

想到这里，关羽再次长叹一口气，仿佛将胸口的浊气全部吐出，头脑转瞬清明起来。他大步流星地翻身上马，掉转马头，径直向自己的"汉寿亭侯府"奔去。

回到府上，两位嫂嫂已经收拾好了简单的行装，等候多时。

曹操所赐的金银财宝通通封存在府库，曹操所赠的美女侍妾自入府之日就安排在两位嫂嫂的院落服侍，眼下也命令她们安静待在原地。

安排好一切后，关羽写了一封辞别信，派人去相府投递。而后，他将"汉寿亭侯"的金印高高悬挂于厅堂之上，转身大步走出府邸。

身旁的副将忍不住低声说了一句："二将军，这可是您战场上搏杀出来的功名……"

关羽一挥手说："没什么要紧的。"

说完，他潇洒地骑上赤兔马，跟在两位嫂嫂的车后，直奔北门而去，自始至终都没有回头看那高大富贵的门楣一眼。

出了许都的北城门，便是灞陵桥，顺着官道一直向北走，便可与兄长相见。关羽想到这里，忍不住夹紧马肚催促马儿快些走。可刚走到城门口，守城的士兵就把他拦了下来。

赤兔马，青龙偃月刀，绿袍、长须、红脸……除非是个瞎子，否则普天之下谁还不认得这是声名赫赫的关羽？可丞相早有密令，不可放关羽出城，守城的士兵不敢不拦。

关羽浓密的卧蚕眉一挑，提起青龙偃月刀，怒声呵斥道："趁早放我出城，否则我关二爷的刀可不长眼睛！"

见关羽已经露出了杀气，守城的众人自知阻拦不住，心中暗暗叫苦。一个头目模样的将官眼珠一转，满脸堆笑地迎上来，说："原来是关将军，小子们有眼不识泰山，您别跟他们一般见识。您是丞相大人面前的红人，我们自然不敢阻拦，您请，您请！"

说完，让众人闪开一条路，放关羽过去。等关羽出城后，他转身对小校说："立刻去禀告丞相，说关羽从北门闯出了城，我等阻拦不住！"

出城后，因为要护送车仗，关羽只得按住马辔缓缓前行。此时正值深秋，金风阵阵，草木凋零，尽是一片萧条的景象，关羽忍不住紧了紧身上的外袍。

刚做完这些，就看见背后烟尘滚滚，一人一马飞驰而来。关羽让随从护送着两位嫂嫂的马车先行，自己留下来驻足观望。

来人到了近前，使劲勒住缰绳，高喊道："云长，是我！先不要走！"

关羽定睛一看，来的人是大将张辽。

原来，就在关羽离开汉寿亭侯府后不久，曹操就收到了关羽派人送来的辞别信，连忙召集众人来商议对策。曹操派了人去汉寿亭侯府打探情况，派出去的人还没有回来，北门守将就飞马来报，说关羽已经夺门出城，向北而走。曹操和在场的众人都惊诧不已。

这时，去汉寿亭侯府的人回禀说，关羽将丞相所赠尽数留在府中，只带走了故旧的几个随从和随身的几件行李。曹操和在场的众人顿时都沉默了。

曹操按了按自己隐隐作痛的额角，开口说："关羽不忘故主，来去明白，是个大丈夫，你们都应该效仿。"

程昱见状，立刻上前说："我等都理解主公的惜才之心。然而，不能放关羽走！关羽如此骁勇，若是去了袁绍那里，袁绍就是如虎添翼，于我们将会是大患。何不途中追杀他，以除后患？"

说着，程昱抬手做了一个斩杀的动作。

不等曹操说话，大将蔡阳立刻挺身出列，道："我愿意领三千铁骑，去宰了关羽！"

曹操想了想，并没有同意。他说："我既然从前承诺了放他走，就不好失信于人。云长离去时封金挂印，不为功名利禄所困，我深感敬佩。这样的人也杀不得，既然他去意已决，我索性再卖他个人情。"

说罢，他转向张辽说："你和关羽有些交情，就由你先去留他一留，我随后就到。"

待我再给他些路费、征袍，为他送行，日后再相见也多几分薄面。"

张辽这才领命前来追赶关羽。

关羽见来的人是张辽，开口问道："文远，你是来追我回去的吗？"

张辽连忙解释说："云长莫要误会。是丞相大人得知你要远行，想要来送送你，这才令我先来留住你，没有别的意思。"

关羽还以为他是想拖延时间，语气里带上了冷意，说："就算是拖到丞相的铁骑来了，我也要搏上一搏。"

张辽面露尴尬，却硬着头皮说："云长，丞相大人爱惜你才能，也愿意遵守和你的约定，你又何必说这样赌气的话呢？"

关羽不再说话，一身寒气地立马站在灞陵桥上，青龙偃月刀横在胸前，心中打定主意：今天不要说是曹操，就是天兵天将来了，也休想把他留住。

一盏茶的工夫过后，一行数十骑骑兵疾速而来，似乎比秋风卷得还快一些。

"云长！"曹操人还没到，声音已经到了，"何必走得如此匆忙？"

关羽见来的一行人都没有带武器，这才稍稍放下心来，在马上微曲身子朝曹操施了一礼，说："丞相大人恕罪，云长得知兄长在河北，难免心焦，几次三番去向您辞行，都没有见面的机会，这才留下书信离去。还望丞相信守约定，不要阻拦我。"

曹操哈哈大笑："云长，你放心，我正要取信于天下人，又怎会背弃与你的约定。我不过是担心你途中缺少用度，特意准备了路资来为你送行。"

曹操的话音刚落，就有一名小将端着一盘黄金上前。

关羽心中难免荡过一丝震动，但他不敢轻易放松警惕，连忙开口拒绝道："承蒙丞相多次厚赏，还剩下一些，这些就赏给将士们吧。"

曹操叹了一口气，说："云长何必推辞，你立下的功劳又岂是这点黄金能够酬谢的。"

关羽还是推辞说："区区微劳，何足挂齿。"

曹操见状，也不强求，只说："云长，你是'富贵不能淫，贫贱不能移，威武不能屈'的大丈夫。只恨我曹孟德没有福气。罢了，既然金子你不要，那就收下这件袍子吧。深秋风寒，你这一路上多保重！"

曹操说罢，又有一名小将捧着一件簇新的锦袍上前。

关羽不好再推辞，可他一看立在曹操身后的许褚、徐晃、于禁、李典等将，也不敢冒险下马去接，两位嫂嫂还在前方，若是生出什么变故就不好了。于是，他单手将青龙偃月刀伸出，以刀尖轻轻挑起锦袍一角，倏地收刀，把锦袍搭在肩膀上，而后朗声道："关羽谢过丞相赠袍，他日有缘再会。"

说完，关羽在马上向曹操又欠身行了一礼，就打马下桥往北边去了。

"大胆关羽！竟敢对主公如此无礼！""虎痴"将军许褚在一旁气得哇哇大叫，正要催马上前与关羽拼斗，就被曹操单手拦住。

曹操无所谓地说："不必同他计较。我们十几人，他单枪匹马，有点戒备心也是常理。既然已经让关羽领了我的情谊，这就够了。我们也回去吧。"

回城的一路上，曹操的脑海里总会想起那个渐行渐远的身影："不知道他日相见，各为其主，云长是否还会记得今日我待他的情谊？"

四野一片死寂，无人能回答他的疑问，只有呼呼的风声响彻天地，似乎是在提醒曹操："你不是说'宁教我负天下人，不教天下人负我'吗？你今日又为何放过了关羽呢？"

曹操想到这里，浑身一抖，似乎有冷意从心底而起，他连忙开口："把我的袍子拿来，我冷。"

趣味链接：曹操对关羽的评价是"职业吹捧"吗

在本回中，曹操评价关羽是个"富贵不能淫，贫贱不能移，威武不能屈"的大丈夫，这个评价有夸大成分吗？

首先，大家知道"富贵不能淫，贫贱不能移，威武不能屈"这个典故是从哪里来的吗？

这句话是孟子说的。孟子是战国时期著名的思想家、政治家，儒家学说的杰出代表人物。他这句话的意思是：一个人在享有富贵时，能节制自己的欲望而不挥霍，在生活贫贱时，能不改变自己的操守，在强权的威逼下，能不改变自己的意志，这样才是真正的大丈夫。

孟子为什么要发表这样一番言论呢？因为在当时，有一个叫景春的人，特别崇拜张仪、公孙衍这样的纵横家，认为他们以三寸不烂之舌就能搅弄风云，是了不起的人物，是大丈夫。但孟子却不这样觉得，他告诫景春：一个人无论在面对什么样的境遇时，都能做到"仁、义、礼"，能做到"富贵不淫，贫贱不移，威武不屈"，这才是真正的大丈夫。

现在，大家来对照一下关羽，是不是非常符合大丈夫的标准呢？事实上，我们的古人之所以把关羽奉为武圣，就是因为他身上的这股子大丈夫之气，有"圣人"之风。

所以，曹操对关羽的评价，一点也不过分。

关二爷过五关斩六将

——关羽的扬名之旅

话说，关羽离开了灞陵桥，一路紧赶慢赶追出去三十里地，都没有看见两位嫂夫人的车仗。

正心慌时，就看见一个少年人持枪跨马而来，一到跟前就立刻跪倒在地，请罪说："我乃襄阳人廖化，在此落草为寇，我的手下刚刚误将两位夫人劫掠上山，知晓身份后不敢怠慢，特来向将军请罪。"

关羽连忙让他将两位夫人送下山，见二人无碍，这才松了一口气。他见廖化少年英姿，眼睛里又尽是对自己的崇拜之色，有了收拢廖化在麾下的心思。但一想到他黄巾余党的身份，此时跟在自己身边多有不便，于是谢绝了他赠金赠部众的提议，拜别后各自上路。

撇开这一段小插曲不提，关羽骑上赤兔马，带着刘备的两位夫人，再次踏上了去往河北的官道。

这一路上，山川苍劲，秋色如画，但关羽都顾不上欣赏，一心只想加快行程。可两位嫂嫂是弱质女流，哪里受得了行军的辛劳？关羽不忍心让她们日夜兼程，只得放缓脚步，把一天的路程当作三天来赶。

最初的几天，出奇地太平。

关羽一行人夜晚借宿农庄时，还遇到了汉桓帝时期在朝为官的胡华。胡华年迈后辞官归乡，一直在此地安度晚年。虽然是在乡下养老，但他对外面的大事却颇为关注，一见关羽的面就问："可是那位斩杀了颜良、文丑的关将军？"

关羽应是，他就连忙欢喜地请一行人到家中歇息，和关羽谈起天来，竟有说不完的话。第二天临行前，胡华还托关羽顺路带了一封家书，给自己在荥阳太守王植手下当差的小儿子胡班。

"老人家请放心，我一定会把信带到。"关羽承诺说。

胡华深鞠一躬，说："关将军义薄云天，老夫自然放心的。"

很快，关羽一行人来到了东岭关。

东岭关的守将名叫孔秀，听说关羽来了，连忙亲自出关相迎。关羽也下马跟他客套。

两人一开始还挺客气，但当孔秀问到去哪、有没有过关公文时，气氛就有点微妙了。

孔秀坚持要有丞相的公文才能过关。关羽因为走得慌忙，拿不出公文，又不肯等孔秀去通报，一来一往耽误时间。两人一下子就陷入了僵持。

关羽原本还不想杀孔秀，可孔秀步步紧逼，竟然说出"要想过关，除非留下两位夫人当人质"的混账话来，关羽直接气到七窍生烟，举起大刀就朝孔秀劈去。

孔秀急忙逃进关内，见关羽身边只有十几人，不免产生了托大心理，还以为凭着自己人多，就能拿下关羽。谁承想，他纠集人马再次出城时，只一个回合，就被关羽斩杀于马下。

"哎呀妈呀！快逃命呀！"孔秀手下的守城兵将被关羽的身手吓得魂飞魄散，传说中斩颜良、诛文丑的神兵天将就在眼前，他们哪还有勇气与他一战！

关羽在马上大喝一声："你们别走！我有话说。"

众人战战兢兢地跪倒在地，听关羽吩咐。

关羽说："我杀孔秀是逼不得已,与你们没有关系。只要你们不阻拦我过关,我自然不会滥杀无辜。烦劳你们转告曹丞相,就说是孔秀先要害我,我因此杀了他。"

众人哪里敢辩驳,纷纷应是。

"吱呀呀!"城门洞开,关羽让嫂嫂的车先走,自己留下来断后,等车仗过关后,才冲守城官军一拱手,打马而去。

孔秀被杀的消息很快就传到了洛阳,洛阳太守韩福急忙召集手下众将士商议。

副将孟坦说："这有什么可商议的,他没有丞相的公文,就是私行。他还是要去投奔袁绍,与丞相为敌,若我们就这么放行了,必然会有罪责。"

韩福挠挠头说："我自然知道不能放他过关,可他勇猛天下皆知,颜良、文丑那样的河北名将都被他一刀斩落马下,我们拿什么阻拦他?"

孟坦是个稍微有点脑子的聪明人,很快想出了一个"智取"的法子:先用鹿角拦住关口,让关羽不能快速通关。等他到了关前,再由一人领兵前去同他交锋,打几下就假装战败逃走,将他诱进陷阱中,由躲在暗处的人暗箭射杀。

韩福听完忍不住拍手大笑,说："好计策,若能将他擒拿押送回许都,丞相定有重赏。"

然而,想象很美好,但他们低估了关羽的战斗力。

孟坦去诱敌深入时,不出三个回合,就被关羽打得节节败退。孟坦心惊胆战地掉转马头往回跑,刚跑到吊桥边上,就被马快的关羽追上,直接一刀砍倒在地。

眼看着已经来不及关上城门,躲在门后面的韩福心一横,用尽全身力气朝着关羽放出一记冷箭,正好射中关羽左臂。

好一个关二爷,脸上没有丝毫惧色,歪头用嘴将箭拔出,飞马冲向韩福。待到了近前,一手抡起大刀砍向吓傻了的韩福,手起刀落就送他去见了阎王。

关羽也懒得管左胳膊上迸裂的伤口,那鲜血直接把袖子都染红了,他将青龙偃月刀

舞出一片刀光，追着胆敢阻拦的将士。

很快，车仗在关羽的护卫下，顺利通过。

关羽这才割下一块衣袍匆匆包扎一下箭伤，害怕再遭人暗算，他也不敢在这里久留，连夜直奔汜水关而去。

汜水关的守将名叫卞喜，他原本是黄巾军余党，归顺曹操后，被曹操调拨来守汜水关。这个卞喜见识不多，也从没有见过关羽的面，听到关羽的各种传闻，他总是抱着不屑一顾的态度，认为都是人们在夸大其词。

他与关羽倒也没什么过节，就是单纯地看不惯，听说关羽要来冲关，他还十分狂妄地信口开河："这种名气大的人，往往没什么真本事。我看，他也不过是仗着马快吧！"

副将笑着接话说："那要是让他下了马，岂不是……"

"插翅难逃！哈哈哈哈！汜水关就是关羽的死地！"卞喜狂妄地说。

副将问："那要怎么让他下马呢？"

卞喜故作高深地说："别着急，我有办法。"

当关羽略带狼狈地来到汜水关外时，完全不知道卞喜已经给他设下了圈套。看到卞喜一脸热络地上前行礼问好，关羽心头不由得一喜，还以为这一关能过得容易一些。

卞喜满脸谄笑，不停地向关羽表达敬仰之意，还盛情邀请关羽到汜水关前的镇国寺一叙。关羽原本还想推辞，但架不住卞喜舌灿莲花：

"关将军名震天下，谁人不知？谁不敬仰？您今天光临汜水关，使我有机会得见将军，实在是老天爷给我的恩惠！我在寺里备了一桌宴席，给关将军接风洗尘，您一定要给我几分薄面，不教我抱憾终身啊！"

关羽听着有几分不自在，便直言相告："我当日和丞相大人已有君子协定，得到我兄长的消息，马上就离开。不承想东岭关和洛阳的守将多方阻挠，孔秀、孟坦与韩福均已被我斩杀。"

卞喜一点也不畏惧，还假装义正词严地说："这些事，小弟已然知晓！他们几个好不晓事，丞相大人都放您离开了，他们也敢公然阻拦，将军杀他们是对的。您放心，等我见到丞相，自会帮您一一禀明其中缘由！"

关羽听他这么说，自然是十分高兴，也不再拒绝赴宴了。两人一同上马过了汜水关，来到镇国寺门前。镇国寺的僧人全都被卞喜安排在门口迎接，以示隆重。

关羽正要跟着卞喜进门，忽然就被一个身材魁伟、面目慈善的僧人快步上前拦住了去路。

那僧人主动搭讪道："关将军，贫僧法号普净，是您的同乡，故特来问候。"

关羽马上还礼，说："师父，有礼了！"

那僧人继续说："贫僧的家与将军家只隔了一条河，关将军可还记得我？"

关羽仔细端详了普净和尚一眼，并未想起他是谁，却看到了他眼底欲言又止的神色。关羽心头一怔，脸上不动声色，继续与他叙旧："我离开家乡也快二十年了，早已记不得了。"

卞喜看普净和尚跟在关羽身边，没完没了地叙旧，生怕他泄露了自己的秘密，只得不耐烦地说："大和尚，我要请关将军喝酒，你快别啰唆了。"

关羽连忙说："不着急，他乡遇故知，怎么能不叙叙旧呢？"

普净也顺势接话道："关将军要不就随我入寺喝一杯清茶吧？"

听他这么说，卞喜愈发不耐烦了。关羽见状，接过话说："我还要去赴这位卞将军的宴请，多有不便。我的两位嫂夫人还在车上，可先给他们献茶，待我这边结束了再去寻你。"

普净和尚点头同意了。端着茶具出门时，普净故意放慢脚步，用目光向关羽的佩剑示意。

关羽见状，一下子就明白过来，立即丢个眼色给身旁的军士，让他们跟着普净去保护两位夫人。

关羽自己则跟着卞喜去了法堂。待两人分主客坐下后,关羽用余光扫视了一下四周,一下子就发现了法堂大厅两侧帷幕后隐约的人影,他忍不住讥笑出声:"卞将军还安排了刀斧手,是打算送我上西天去喝酒吗?"

卞喜脸色一变,知道计划已经败露了,他也顾不上之前说的掷杯为号了,直接出声厉声喝道:"还不快动手!"

两旁的刀斧手迅速冲了出来,可还没等他们近身,就都被关羽拔出的佩剑一一砍杀。

关羽以剑尖指着卞喜,骂道:"我把你当成赤诚的君子,没想到你是个奸诈的小人!凭你也敢暗害我?"

说罢,就一剑砍了过去,吓得卞喜抱头鼠窜。等他逃到法堂门前的长廊时,干脆绕着廊上的柱子跑以躲避关羽的攻击。

关羽此时早已丢掉了佩剑,换用他惯用的大刀,一时之间也不太好施展。而卞喜则狡猾得多,他平日里惯用一副流星锤,就是赴宴也悄悄藏在身上。此时正好一边躲避,一边挥舞着流星锤朝关羽掷去。

关羽不耐烦与他在这里浪费时间,几次还击都是使出全力挑开流星锤,没几下就将卞喜震得失去了章法。在绝对的实力面前,一切计谋都是没用的。关羽见状,大步上前,一刀将卞喜劈死。

收拾了卞喜,关羽立刻就准备去看看两位嫂嫂那边是何情况,卞喜的手下没一人敢阻拦,甚至不等关羽靠近就四散逃走了。

关羽也没有追,只是郑重地向普净和尚道了谢,而后护送着车仗继续向荥阳方向进发。

到了城门下,望着"荥阳关"三个字,关羽想起了胡华请他代交家信的事,终于能了却一桩心事,关羽不免心里热乎乎的。

可关羽并不知道，荥阳太守王植早已得知韩福被杀的消息，心里恨透了他。

因为王植和韩福不仅是儿女亲家，更是多年的好友，这口恶气怎么忍得了？

但王植也明白自己硬拼拼不过关羽，于是他强压心头怒火，不仅在馆驿中安排好了食宿，还亲自出城一脸笑容地迎接关羽："关将军一路辛苦，小小招待，不成敬意！"

这套路之前就有人玩过，关羽并不会放松警惕。

可王植很机灵，拿两位夫人说事。关羽见王植面貌憨直，不像奸邪之辈，又想起两位嫂夫人确实已经在车上凑合了数日，不曾好好休息过，也有些动摇了。

王植见状，态度更加殷勤了，直言整个馆驿已经腾空，专为他们一行人准备着，稍后还会将酒席直接送到馆驿里，关羽这才答应下来。

连续赶了几天路，两位夫人吃完晚饭后就到正房中休息了。其他人也都各自安歇。只有关羽，一时之间睡不着，干脆脱下盔甲，倚靠在窗前的几案上，就着灯烛读《春秋》。这书他已经烂熟于心，但似乎总有读不完的东西，逗引着他一遍一遍沉浸其中。

忽然，灯花一闪，一阵不易察觉的风吹过，关羽猛地喝道："谁？"

一个人影窜了出来，轻手轻脚地来到室内，躬身下拜，说："关将军，小人名叫胡班，是王太守手下的从事。久闻关将军的大名，如雷贯耳，小人今夜斗胆前来偷看您的神颜，一时之间惊为天人。打扰之处，还请将军勿怪！"

关羽捋一捋墨染般的长髯，笑着说："你就是胡班啊，说来也巧，令尊胡华有封家书，托我捎给你。"

"小人惶恐！"胡班颤抖着双手，接过关羽递上来的书信，当场拆开来读，越读心里越慌。原来他的父亲在信中将天下最近发生的大事一一分说，又盛赞关羽的人品，谁忠谁奸一清二楚。

胡班越看越羞愧，双膝一软，跪在关羽面前，急道："关将军，小人险些遭人蒙蔽，误杀了忠良。都怪太守王植，他说您背弃了朝廷，又在路上杀了好几处的守关将士和太守，要我带着弟兄们今晚在馆驿放火，把您……"

关羽怒到了极点，他猛地站起身来，宛若崖顶飒飒的苍松，浑身冒着寒气，直言要去找王植算账。胡班连忙上前一把拦住，说："关将军，敌众我寡，不能硬拼啊。况且您还要护着两位夫人，依小人愚见，不如现在趁着夜色走，我去给您开城门。到了三更，我照常放火，那王植也想不到会人去楼空……"

关羽觉得很有道理，便听从了胡班的话，叫醒众人悄悄上车离开馆驿。

到了城门边上，果然看见城门洞开，周围一个把守的人也没有，关羽不由得心头一喜："这胡班果然没有骗我。"

刚出城没走多远，忽然就听到背后喊杀声震天，是王植率领人马追了上来。

关羽仍旧让众人护送着嫂嫂的车仗先走，自己留下断后。等王植冲到近前，他才冷笑道："王植，你我往日无怨、近日无仇，你为何要让人放火烧我？"

王植不由得怒骂道："关羽，你这忘恩负义的小人，人人得而诛之。你也配当'汉寿亭侯'？拿命来吧！"

说着，王植举起长枪朝关羽攻去。

"唉！我本想放你一条生路，你却上赶着来送死！"

关羽脚尖轻踢马腹，躲过了枪尖，同时青龙偃月刀在空中一翻，快速挥向王植的脑后。只听见"咔嚓"一声，那脑袋就掉落在地。

王植的手下见状，直接一哄而散。关羽也懒得管他们，掉转马头疾驰离去，一路上都在感念胡班的恩德。

追上两位嫂嫂后,一行人又赶了好几天的路。眼看着快到黄河渡口了,关羽的卧蚕眉几乎拧成了疙瘩。他已经得到故人告知,把守黄河渡口的大将名叫秦琪,是大将夏侯惇的心腹,难缠得很。

秦琪断然不会放自己过去。但他一时半会儿也找不到船只渡河,只好硬着头皮去闯关。

果然,还没等他们一行人到黄河渡口,秦琪就已经带人气势汹汹地杀了过来。秦琪原本就不服关羽,一上来就问关羽要公文,见关羽拿不出公文,就开始恶狠狠地质问:"你可知道,过了黄河就是袁绍的地盘?"

关羽点头,说:"知道。"

"你可知道,袁绍是丞相大人的死敌?"

关羽又点头,说:"知道。"

"这么说,你是故意私逃去敌营了?你这个忘恩负义的叛徒!"

关羽的丹凤眼半闭,朗声道:"我和丞相当初早已约好,得知我兄长下落,千里万里也要去追寻。现在我去投奔兄长,又不是投降袁绍,丞相都不阻拦我,你有何立场拦我?"

秦琪怒道:"你强词夺理!这有什么区别?我奉命在此防守关隘,你这贼子休想渡过黄河!"

关羽长叹一声,说:"秦将军,我关云长不是嗜杀之人,这一路走来不得已伤了数人性命,内心十分不安。你又何必如此执着,害我再造杀孽呢?"

秦琪听他这么说,登时气得哇哇大叫:"不过是杀了几个无名下将,你竟然也敢看不起我?今天我偏要让你尝尝我的厉害!"

"秦将军,你比颜良、文丑如何?"

"颜良、文丑算什么?夏侯将军帐下从来没有懦夫!"秦琪一边叫嚷着,一边挥舞

兵器朝关羽攻来。

关羽猛地一睁丹凤眼，挺起青龙偃月刀迎敌。两马交错的一瞬间，秦琪便坠落马下，再发不出一声喊叫。

关羽横刀立马，大声对秦琪的手下说："还有要拦我的吗？"

众人谁还敢拦，齐齐摇头。

"那就速速给我备船，送我渡黄河！"

众人哪敢不听从？他们迅速准备好一条大船，载上关羽一行人，驶向对岸。

关羽挺立在船头，目光炯炯地望向远方，那长髯也迎风飘扬，好像抖动着的墨绸。

关羽"过五关，斩六将"的事迹很快就传开来，人们纷纷称赞关羽的英勇和忠义，还有人赋诗曰："忠义慨然冲宇宙，英雄从此震江山。"

趣味链接

古代武将们的兵器都放在哪儿

在本回中，关云长过五关斩六将，如战神附体，想必让大家十分仰慕钦佩。那大家会不会好奇，在冷兵器时代，武将们的兵器都放在哪儿？

古代武将们的家伙什儿往往都粗大沉重，动不动就百八十斤。比如《三国演义》中关羽的青龙偃月刀就重达八十二斤。将军不杀敌的时候，会将兵器放在哪儿呢？难不成是专门安排几个人抬着兵器随时候命？

还真的有。关羽后来有一个贴身侍卫，名叫周仓，其人力大无穷，经常帮关羽牵马扛刀。

普通人的兵器大多是挂在自己的马上或佩带在身上。所谓"佩剑"，就是在剑鞘上套一个剑璏，再将腰带穿过剑璏的方孔，就可以将剑固定在腰间。除了璏式佩剑法，古人还发明了悬挂式佩剑法和斜背式背剑法。

像弓弩或长矛这样的兵器，古人也有办法将它们挂在马上或安置在马车上。在出土的秦代文物秦陵一号铜车马的车舆上，人们发现了一对可以固定弓弩的装置，叫作承弓器。这一对金属承弓器，开口似钩子，正好承托弓弩前端的弓背，是战车上平时放置弓弩的地方。人们猜测这就是后世评书中所谓"得胜钩"的原型。

在评书中，还有一个"鸟翅环"，也叫"了事环"，是武将马鞍上放置兵器的铜铁环。"得胜钩"与"鸟翅环"可以配套使用，都藏在马鞍的下方，既不影响将军上马下马，摘取也很方便。

但更多的情况下，将士们会在长矛、长枪等杆状武器的柄上系一根绳索，不用的时候就可以将武器背在身后，其原理就和现在的斜挎背包的背带差不多。怎么样，是不是很有意思呢？

古城兄弟泯恩仇

——刘关张再聚首

过了黄河,就是袁绍的地盘了,关羽的一颗心都好像浸在温水中,咕嘟咕嘟地冒着欢快的泡泡。他已经太久没有见过兄长的面,只能在梦里重温与兄长、三弟一起谈天说地、把酒言欢的场景。要不了多久,他就能见到兄长了,再也不用靠梦境止渴了。

关羽满心欢喜地向前赶路。正急行间,忽然看见一人从北边疾驰而来,高声呼喊:"二将军,请留步。"

关羽勒马细看,来人正是老熟人孙乾。见到孙乾,就像是见到了兄长一样,关羽激动地上前相迎,眼圈都红了。

孙乾连忙跟他说明袁绍那边的情况:"袁绍帐下的河北将领互相妒忌,袁绍多疑又没什么主见,难成大事。主公不打算在这里谋事了,眼下他已经脱身去了汝南,和刘辟会合,特意派我前来迎二将军。二将军可尽快护送两位夫人去汝南和主公团聚。"

听孙乾说完,众人都激动得掩面垂泪,连忙依他所言转道去汝南。

还没走多久,又听得背后传来一阵雷鸣般的吼声:"关羽休走!你杀了我的人,不给个交代吗?"

关羽回首望去,是怒发冲冠的夏侯惇,领了三百多名骑兵追了过来。

关羽叹了一口气，让孙乾保护着车仗先走，自己留下来善后。

关羽的目光不由自主地被夏侯惇的左眼吸引，那只眼据说是在战场上被人一箭射瞎，而眼珠被他自己生吞了，他还放出话来说："身体发肤受之父母，不可留给敌寇。"

关羽听到这件事时，也忍不住在心中佩服夏侯惇是个狠人。眼下，自己斩了他的心腹秦琪，算是彻底得罪了这个狠人。但他与兄长团聚心切，实在不想跟他再纠缠，于是干脆搬出曹操来压夏侯惇："你来追我，丞相知道吗？你这样做，不是让丞相的大度变成笑话吗？"

谁知，夏侯惇并不买账，气呼呼地说："你在路上接连杀人，还斩了我的心腹，我抓你有什么错？等我擒拿了你，丞相自会发落。"

说完，紧咬钢牙，拍马挺枪上前，恨不得立刻就要关羽的命。

在这电光石火的一瞬间，忽然就听见后方又有人大叫："夏侯将军，丞相有令！不可与关将军交战！"

众人循声望去，只见一人一骑卷着烟尘滚滚而来，待来到夏侯惇的身边，利落地滚鞍下马，从怀中掏出一封公文，高高举过头顶，说："丞相大人敬爱关将军，担心沿途有关隘阻拦，所以特派我带着公文通知各处：谁都不许为难关将军！"

夏侯惇也不看公文，怒气冲冲地问来使："关羽这家伙一路上斩杀了那么多守将，丞相大人知道吗？"

来使摇了摇头，说："丞相派我出来时还并不知情。"

"那还啰唆什么？我先将他抓回去，丞相要是愿意放，自然会再次放了他。"夏侯惇说完，立刻挺枪刺向关羽。

关羽举刀来格挡，也被他拱出了火气，说："还想抓我？我难道会怕你？"

二人你来我往战了十来个回合，又来了一个传曹操口令的使者。夏侯惇停下询问这个使者，使者也说丞相并不知情。夏侯惇顿时又来了气，干脆指挥随行的手下一起上，先抓了人再说。

关羽闻言，挥舞起大刀准备迎战。两人正要交锋，就听见后方又有人高喊着赶来了："云长、元让，不要打了！"

二人一听这声音有点耳熟，都勒住了马回头看，来人原来是张辽。

张辽上前先是冲关羽友善地一笑，而后向夏侯惇传达了曹操的旨意，说丞相已经知晓了关云长过关斩将的事，担心路上有人阻拦，特派他来传令各处，一律放行，不得有人拦截关云长。

夏侯惇还是不甘心，冷声问道："秦琪可是蔡阳的外甥，他特意将秦琪托付给我，你放了关羽，又要让我怎么跟蔡阳交代？"

张辽微微冷了脸，说："夏侯将军不用担心，蔡将军那里自然由我去说。丞相大度，有意成全关将军的君子之行。你若是再横加阻拦，就是违背丞相的旨意。"

张辽的这番话说得滴水不漏，夏侯惇也不好再发作，只得恨恨离去。

张辽又换上笑眯眯的表情，对关羽说："云长，你这方向不像是去河北袁绍处啊，接下来是打算去哪里？"

关羽不敢实话实说，干脆说："我听说兄长已经不在袁绍那里了，正打算走遍天下寻找兄长。"

张辽闻言心中一喜，说："你既然不知道玄德的下落，何不跟我回去见丞相？丞相对你的一片心，想必你也感受到了。"

关羽笑着说："我既然已经决定去寻兄长了，没道理来来回回折腾丞相。就请文远替我向丞相告一声罪吧。"

张辽只能失落地说："那你如果寻不到你兄长，不妨再回许都。我想，丞相家的大门永远会对你敞开。"

关羽再次道谢，与张辽分别后，很快就追上了孙乾等人。

就这样,他们领着车队人马,一路向汝南进发。这一路上,虽然没有再遇到"过五关斩六将"的险境,但也发生了不少离奇曲折的小事情。比如,关羽的赤兔马被人惦记上了,还差点被偷走。

那是关羽等人因为躲雨借住在一处农庄时发生的事。农庄的老夫妇十分热情周到,宰羊置酒相待,然而,他们家不务正业的儿子却被赤兔马迷了心,大半夜悄悄起来想偷马。事情败露后,关羽看在老夫妇的面子上,放过了这个少年,不承想,他转头就联合附近山上的土匪准备强抢。

巧的是,这群山匪还都是关羽的"迷弟",等关羽一露面,众人连忙抓了老夫妇的儿子上前请罪,还"顺便"给关羽送上了一个跟班——周仓。

周仓是关西人,曾经在黄巾军张宝部下为将,张宝死后,他干脆找了个山头落草为寇。因为钦佩关羽的威名,周仓经常跟附近山头的兄弟们细数关羽这位"偶像"的事迹,以至于附近山头的众人都知道世上有一个赤面长须、英武不凡的关将军。

这次,周仓一听到附近山头的兄弟来报,有个赤面长须的将军打此地路过,直接快马飞奔过来,死活要给关羽当个手下小兵。

关羽想要以"此行不好大张旗鼓"为由拒绝周仓,周仓当即利落地将所有手下都托付给好兄弟,自己孤身跟随,誓要追随关羽。

从此,关羽身边就多了一个扛刀的"小跟班"。

一行人又走了一些日子,来到一座山城脚下。关羽找来一个当地人问询,这一问可不要紧,关羽直接激动得双手颤抖,原来自己的三弟张飞正在这个叫"古城"的地方"占城为王"。

"自从徐州失散,三弟一直不知下落,没想到他居然在这里。古城,好!好地方!"关羽领着众人来到古城门外,仰头望着城门处高悬的匾额,忍不住连连赞叹。

一番感叹后,他又命孙乾先去城里找张飞,告知他两位嫂嫂已到城外,让他速速出来拜见。

谁知张飞一听说关羽来了，都不等孙乾把话说完，直接气到三尸神暴跳，七窍内生烟，嘴里直嚷嚷："这无情无义的匹夫，竟敢送上门来！"

骂完，张飞就手脚麻利地披挂盔甲，擎着丈八蛇矛，翻身上马，一溜烟地朝城门方向冲出。

孙乾被张飞的一番举动弄得丈二和尚摸不着头脑，心里直嘀咕："二将军怎么得罪这位黑杀神了？"不过，孙乾也来不及多想，转身上马跟着往城门奔去。等他到那里时，就看见张飞举着蛇矛对准关羽的胸膛刺去。

"三将军，你这是要做什么？"孙乾惊呼。

张飞怒冲冲地大叫："我要杀了这个忘恩负义的小人！他竟然投降了曹贼，他如今是来捉我的吧？"

关羽的武器早就丢给了周仓，此时连个格挡的家伙什儿也没有，只得闪身躲避，一边躲还一边为自己辩解："三弟，投降曹操实属无奈，我和他有君子约定……"

"闭嘴！我才不听你那劳什子的废话！"张飞毫不客气地打断，"我虽远在古城，却也听说了你投降曹贼，为他斩颜良、诛文丑，还被他封侯赐爵！'汉寿亭侯'这个名号还真响亮呢！咱们桃园结义的情谊你全都忘了吗？"

说到这里，张飞又举矛欲刺，恨不得与关羽拼个你死我活。

关羽被他骂得又气又急，胸口像压着千斤巨石似的，一时之间竟争辩不过。他干脆一动不动，任由锋利的蛇矛刺来，一脸平静地说："如果连你也信不过我，大可送我一死。我绝无怨言。"

千钧一发之时，车帘一甩，甘夫人从里面露出头来，冲着张飞大叫："三叔快住手，别伤了二叔！"

张飞闻言回头，看见甘夫人和糜夫人先后从车里露出头来，有点搞不清楚状况地问：

"两位嫂嫂怎么在这里？莫不是被这贼子捉来当人质要挟我？两位嫂嫂别怕，待我杀了这贼子，再迎你们入城！"

甘夫人解释说："你错怪二叔了。二叔是因为顾忌我二人的安危，又不知道你们的下落，这才暂时栖身许都。如今一知道你哥哥在汝南，这不就过关斩将护送我们过去吗？"

糜夫人也出言阻止道："三叔别冲动，二叔之前在许都是无奈之举。"

张飞还是一脸不相信的样子，急得哇哇大叫："嫂嫂们不要被他骗了！他要真无奈就该以死明志！如今这样假惺惺的，分明就是在骗我，想活捉我吧？"

孙乾可算找到说话的机会了，也连忙开口："云长这是听说三将军在这里，特地来寻你的。"

关羽摇头苦笑，说："三弟，我如果想捉你，会带这么点人马来吗？是不是太小瞧你了？"

张飞怒指远处，说："你还狡辩！那就是你带来的援兵吧？"

关羽回头一看，远处果然烟尘滚滚，一队人马杀将过来，斗大的"曹"字旗在风中翻飞。

张飞冷冷地质问："你现在还有什么好说的？"

关羽问："若我斩杀了来将，贤弟是否能相信我不是真的投降了曹操？"

"若你能在三通鼓之内斩杀了来将，我就信你的真心。"

"好！贤弟等着看吧。"

人马渐近，关羽认出了为首的将领正是曹操麾下的蔡阳，哑然失笑地解释说："来将是蔡阳。我斩了他的外甥秦琪，他是来找我报仇的。"

果然，人马未到，蔡阳的怒喝声已经传来："关羽匹夫，拿命来！"

关羽也不搭话，举起大刀便砍了过去。

张飞撒开丈八蛇矛，扯过一旁军校手中的鼓槌，亲自擂鼓。

"咚咚咚！"那鼓声响彻云霄，震得人两耳发颤。一通鼓还没擂完，关羽手起刀落，已将蔡阳砍于马下。

张飞见状，扔下鼓槌，翻身上马，冲到关羽身边，举起丈八蛇矛对蔡阳的兵马怒吼："还不快滚？等着你张爷爷扎你个透心凉吗？"

那些人这才从关羽带来的冲击中惊醒，浑身颤抖着想要逃跑。关羽上前抓住一个小兵，拖到张飞面前，交给他盘问。

张飞虽然长得大老粗模样，可向来心细，他详细盘问了关羽在许都时期发生的大小事情，小兵将知道的都说了，张飞这才相信了关羽没有背叛自家大哥。接着，张飞又问到蔡阳发兵的事由，小兵也将实话都说了，张飞这才放他离去。

原来，蔡阳听说自家外甥被杀，怒气冲冲地请命要去河北抓关羽，曹操不同意，派蔡阳去汝南攻打刘辟，不承想在这里撞见了关羽。

张飞一时之间不知道如何面对自家二哥，还不等他组织好语言，就听见城中军士来报，说南城门来了十几个身份不明的人，请将军速去裁度。

一行人转去南门一看，原来是特意寻过来的糜竺、糜芳两位谋士。自徐州失散后，两人一路逃难回乡，后来听说有位张将军占据了古城，一听模样形容就觉得应该是张飞，所以前来寻访。

几人见面后，都惊喜不已，欢欢喜喜地一同进了城。

来到张飞的府邸，张飞先是郑重地给刘备的两位夫人见了礼，又细细询问了两位嫂嫂在曹营的遭遇，是否有受委屈。甘、糜二位夫人边流泪边诉说："若不是二叔极力保全，我们姐妹哪还能活到今天！"

张飞听完，当即"咕咚"一声跪倒在关羽面前，请罪说："二哥，都是我不好，我错怪你了！"

关羽急忙扶起张飞,兄弟两人抱头痛哭不止。

第二天,关羽、张飞和孙乾等人一起商议去汝南见刘备的事。张飞也很想跟他们一起去找大哥,但关羽考虑到古城得来不易,有了它,几人也有个安身之处。于是,最后商定由张飞留守古城,保护两位嫂嫂;关羽和孙乾悄悄去汝南寻找刘备。

没想到,关羽一行人才到汝南,就被告知,汝南兵少,刘备又回袁绍处商议借调兵马的事情去了。关羽又打算继续去河北寻兄长。

路过古城的时候,关羽知会了张飞一声。

张飞十分担心地对关羽说:"二哥,你斩颜良、诛文丑,袁绍一定恨你入骨。你去冀州城和送死有什么区别?你不能去!"

关羽却一脸轻松地笑着说:"三弟,别担心。我自然会避开袁绍的视线,悄悄潜入河北,也只让孙乾入冀州城去见大哥。"

"那袁绍会放大哥走吗?"

"放心,我们会见机行事。那袁绍为人短视,只贪图眼前的利益,总能寻到脱身之法。"

"二哥,你真没白读《春秋》,肚子里装有好多谋略!"张飞半是羡慕半是夸赞地说。

关羽谦虚地笑了笑,又想着如今要做大事,手上不能没有可用之人,于是唤来周仓,让他回原来的山头,将一众绿林好汉都招安来,等在冀州城外的大路上负责接应。

快到河北地界时,孙乾与关羽分别,孙乾独自潜入冀州城寻找刘备,关羽则在城外找个地方暂歇。这一歇,没想到还让关羽得了个义子关平。

再说孙乾,入冀州城找到刘备后,先是给他带来了关羽等在城外的好消息,接着问他可有出城之计。刘备又请来了好友简雍,很快商议出对策。

若是跟袁绍说,要到荆州去说服刘表一起打曹操,袁绍想必会心动。此时简雍再去提出要跟刘备一起去,监视刘备,袁绍就会更加放心,如此就可以将简雍一起带走。

刘备依计而行，果然顺利出了城。一行人很快找到关羽歇脚处，见到了等候多时的关羽。

"兄长！"

"二弟！"

兄弟二人执手相拥，泪洒战袍。

叙旧完毕，兄弟俩相视一笑，而后踏上了返回古城之路。

快到卧牛山时，一行人遇到了带伤而来的周仓。

周仓回去招安的任务进行得并不顺利。在他回去之前，山寨就被一个年轻人单枪匹马挑了。等他上山与那人交战，连战连败，身上还中了三枪，只得带着为数不多的几人来寻关羽。

刘备听他禀明缘由后，当即决定一行人先去卧牛山看看情况。

还不等他们上山，就见一名白衣白甲的小将骑着白马飞驰而来。刘备细细一看，来人好像是旧相识赵云。

这赵云原本是公孙瓒的部下，刘备与他有过几面之缘，却分外投机。他当即打马上前，挥手呼喊："来人可是子龙？"

赵云也很快认出了这一行人是谁，如此陌路相逢，赵云激动得泪花四溢。一到跟前立刻翻身下马，跪倒在地。

刘备与关羽也都下马相见，问他为何到了这里。

原来，公孙瓒兵败之后，赵云就开始四处飘零，偶然间路过此地，山上的匪首居然想要抢夺赵云的马，赵云一怒之下杀了匪首，暂时在此地安身。

讲述完前因，赵云又郑重拜倒在地，说："玄德公，我赵云自从踏入军营，一直想求一个明主。旧主公孙瓒去世后，我一直都在寻找您。今日得见是我的幸运，我愿意誓死追随您！"

"子龙快起！有幸得你相助，我刘备简直是如虎添翼啊！"刘备一脸诚恳地亲自扶起赵云，这气度更是让赵云感佩不已。

当天，赵云就烧了山寨，率领山上众人一起跟着刘备奔赴古城。

张飞亲自在城外迎接，与刘备、关羽等人互诉衷肠后，大摆宴席庆祝。

刘备看着自己身边日益壮大的队伍，心里熨帖不已。自徐州一败后，兄弟亲人失散，势力尽失，刘备自己也辗转各地谋求生机。如今身边重新聚拢起大将若干、兵马四五千，刘备心想：该做点轰轰烈烈的大事了！

趣味链接 谈谈曹操这个人

在本回中,曹操几次三番安排人马四处通报,声明自己不追究关羽"过五关斩六将"的事,也不许别人为难关羽,但看上去特别像一场政治作秀。

因为书中早就在细节里提到了,关羽因为要护送两位嫂嫂同行,所以都走不快,行军速度自然就没法和信使的脚程比。但曹操派来传话的数个使者,一直等到关羽闯过重重关卡,一行人过了黄河才姗姗来迟,这就有点不合逻辑了。

曹操这么做,究竟是真心想放人,还是假意的政治作秀呢?曹操究竟是怎样一个人呢?

其实,读过史书《三国志》你就会知道,史书对关羽离开曹操这一段的描述十分简洁,关羽尽封所赐,拜书告辞。左右欲追,曹操说:"彼各为其主,勿追也。"没有"关羽过五关斩六将"的记载,甚至这"六将"的名字也全都是罗贯中虚构的人物。

在小说《三国演义》中,作者罗贯中为了塑造人物,加入了很多虚构的情节,也带有很明显的"尊刘贬曹"倾向。经过他的艺术加工,曹操就被塑造成一个心胸狭窄、狡猾奸诈的枭雄,而关羽则是一个不忘恩义、千里寻主的忠义之士。所以,在读小说时,曹操在厚待关羽时的层层加码、挽留关羽时的种种行径,总带着目的性,看起来更像是一场政治作秀:一方面,让手下人看看自己是如何对待有用之人的,可以收买人心;另一方面,也可以让关羽心里对他充满愧疚,日后相见有几分薄面。罗贯中这样处理,也为后来的故事发展埋下了伏笔——后来曹操"败走华容道"时,关羽冒着被军法处置的风险放走了曹操,就是念在过去曹操厚待自己的情分上。

历史上的曹操确实是一个爱才如命的人,《三国志》中记载了很多他求才爱才的事迹。他还在《短歌行》中吟道:"山不厌高,海不厌深。周公吐哺,天下归心。"意思是:我愿如周公一般礼贤下士,愿天下英杰都来真心归顺于我。

碧眼儿掌舵江东
——属于孙权的时代来临了

刘备想做的轰轰烈烈的大事是什么呢？他想去汝南驻扎，招兵买马，徐徐图之。恰好刘辟、龚都也知道他在古城的事了，派人来请，刘备就带着一行人放弃古城去了汝南。

很快，刘备三兄弟在汝南招兵买马的消息就传到了袁绍的耳朵里，袁绍本就因为刘备久去不归心生怀疑，眼下还有什么不明白的？当下就气得吹胡子瞪眼，指天痛骂："好你个卖草鞋的！敢这样欺骗我！不灭你这个大耳贼，我就不姓袁！"

说罢，就要发兵汝南。

袁绍帐下的众将士个个摩拳擦掌，只有一个名叫郭图的谋士提出反对意见："主公，刘备不过是乌合之众，不足为虑！眼前要紧的是曹操！只要把曹操灭了，刘备这样的小鱼小虾能掀起多大的风浪？"

袁绍想了想，说："你说得对，我不能被刘备这个家伙搅乱了心神，那就暂且放他一马，先对付曹操！"

"主公，我们眼下兵强马壮，不如直接发兵许都，打到曹操的老巢去！"帐下一名大将瓮声瓮气地提议。

"不可冒进啊！"沮授急忙出声阻拦，"冒进可是兵家大忌！"

袁绍一见沮授便没好气，问："你就只会长他人志气、灭自己威风吗？"

郭图见袁绍和众人都对沮授怒目而视，急忙出声转移众人注意力："主公，臣有一计可以智取。臣听说，那江东的孙策与曹操也有过节，他这些年盘踞江东，手下的谋臣武将颇多，咱们何不拉他下水，借他的力量打曹操呢？"

袁绍听了疑惑道："哦？孙策和曹操的过节从何说起？"

郭图忍不住笑着说："孙策这个人嘛，骁勇有余，智谋不足。他多次上书朝廷，想要为自己讨要一个大司马的官职，可是曹操偏偏就不给他这个面子！他从此恨极了曹操。"

"什么？大司马？孙策才多大呀，真敢开口！"

"就是！黄口小儿真是不知道天高地厚！"

…………

袁绍手下的文武官员议论纷纷，就连袁绍也哑然失笑，说："敌人的敌人就是朋友，这么说，我们确实可以联合孙策一起讨伐曹操？"

郭图点点头，说："主公英明，若是能坐收渔翁之利，那就更好了。"

于是，袁绍立即派人去江东，与孙策勾兑感情。

此时的孙策，虽然有心与袁绍结盟，一起攻打曹操，但也实在没多少余力，因为他受伤了。

事情还得从曹操拒绝让孙策做大司马说起。

孙策从曹操那里碰了一鼻子灰，气得对曹操破口大骂。关键是骂了也不解气，孙策有了袭击许都、活捉曹操的想法。关键是，他自以为江东已经尽在掌握了，这些话根本就不背着人。

很快，曹操安排在江东的眼线——吴郡太守许贡将一应言论写在密信里派使者送去许都。信中还建议将孙策召回京师软禁，否则会成为后患。

使者带着密信一路去许都，准备过江时被孙策的人抓住了。

孙策十分生气，命令武士绞杀许贡，抄家灭族，许家只有三个家臣逃脱了。

心里不痛快，孙策就带人到丹徒的西山打猎。在追逐一只大鹿时，孙策和随从走散了，独自追到了密林深处。

追着追着，孙策突然看见不远处出现了三个人，有的手上拿着长枪，有的背上背着弓箭，一副有备而来的样子。孙策心中警铃大作。

他掉转马头想走，一人已经举着长枪朝他的腿刺过来。

孙策大惊失色，抽出佩剑朝下方的人砍去。但佩剑很快就被另一个人手持长枪打断。孙策看着手上光秃秃的剑把，只觉得"天要亡我"！

还不等他闪躲逃避，远处的第三人早已拈弓搭箭瞄准了他。说时迟，那时快，箭羽带着风声而来，正中孙策的面颊。

孙策痛得差点跌下马，但他知道自己得想办法还击，再耽搁就死定了。他当即一手拔下面颊上的箭羽，另一只手去摸弓箭，然后迅速搭箭回射，一箭放倒了远处放箭的第三人。

剩下的两人举枪朝着孙策乱刺，孙策手里除了弓箭啥武器也没有，只得一边驱马拉开距离一边用弓箭还击。不承想，二人死战不退，一直追着孙策缠斗了好远。孙策又被刺中了好几枪，马匹也受了伤，看样子是坚持不了多久了。

孙策开口问："何故非要置我于死地？"

其中一人大声说："我们是许贡的家臣，来杀你为主人报仇，不死不休！"

假如世上真有后悔药，孙策一定要吃上两车；假如时光可以倒流，孙策一定管住自己的腿不去打猎，劝自己不要冲动。可惜……

就在孙策以为已经在劫难逃的时候，跟他一起出来打猎的程普终于带着随从赶了过来。几人合力将孙策与刺客隔开，见孙策血流满脸，伤势严重，程普急忙为他包扎。

一名刺客见大势已去，干脆放肆地大笑大叫："哈哈哈！孙伯符，今日让你逃过一劫又怎样？你终究是死定了！"

"都杀了！都给我杀了！"孙策下令。

众人剿灭刺客后，抬着重伤的孙策回去，孙策的母亲太夫人险些哭昏过去。

孙策的心腹张昭一边扶住太夫人，一边提醒道："老夫人不要惊慌，听说神医华佗就在东吴，可派人去请来为主公医治！"

"是那个什么病都能治的神医华佗吗？"太夫人惊喜万分，连忙擦干眼泪，"太好了！我儿有救了！"

"是他，是他。"张昭连连点头。

不一会儿，派去的人说，华佗已经云游四方去了，只留下一个小徒弟在东吴。这个小徒弟也被人带到太夫人的面前。

太夫人连忙问他："小大夫，你能治箭伤吗？"

"师父教过我的。"

"那你快上前去看看。"

"危险啊！箭头有毒，已经入骨。"一旁的程普这时想起来刺客临死前的话，可他也不敢出声打断小大夫的诊断。

太夫人这一小会儿的心境已经经历了好几次大起大落，这时也只能小心翼翼地问："那你能治吗？"

小徒弟拍拍胸脯说："我能治。师父留下了治毒疮的方子，用了这个方子，再静养一百天，准能治好将军。"

太夫人追问道："你说的是真的吗？"

华佗的小徒弟闪着黑白分明的大眼睛使劲点点头，说："当然啦，师父的药方百试百灵！不过，还需提醒将军不能动怒，如果怒气冲激，这疮伤可就好不了了。"

"好！好！好！"太夫人连声应和，让他赶紧为孙策医治。

静养了二十几天后，孙策的箭伤渐渐有了起色，也不再被钻心刺骨的疼痛折磨。

孙策是个急性子，根本静养不住。这天，忽然听说有暗使从许都回来，连忙让人唤来询问。

随侍在一旁的华佗小徒弟连忙提醒道："将军要静养，不可劳思伤神。"

孙策不耐烦地说："我已经好得差不多了，不用静养！你快忙你的去，别啰唆！"

小徒弟无奈退下。

暗使进门后，详细汇报了许都最近发生的事，还重点提到了一件跟孙策有关的事。

使者说："近年来主公声威大震，曹操十分畏惧主公，曾感叹说'难与争锋'，曹操帐下众人都很敬服，只有郭嘉不服。他说……他说……"

"郭嘉说了什么？"孙策追问。

使者讷讷了很久，不敢说。但孙策依旧追问，坚持要知道。

使者只得开口如实汇报："郭嘉说主公性情暴躁、缺少筹谋，迟早会死在小人手里，根本不足为惧。"

"郭嘉小儿，他怎敢如此诅咒我？他日我攻占许都，定要拿他祭旗！"孙策闻言怒不可遏，直接破口大骂。

骂完还让张昭去召集众将士议事，也不等箭伤痊愈了，当下就要出兵许都。

张昭早看见了偷偷溜进屋内，想提醒又不敢的小徒弟，见状，只得自己上前安抚道："主公息怒啊！大夫都说了，主公需要静养百日，已经这么些天了，何必前功尽弃呢？征讨曹操也不急于这一时，若是因为一时不忿，损伤您的万金之躯，那就得不偿失了，您说呢？"

孙策气完也开始觉得伤口隐隐作痛，只得听了劝告。

没过几天，袁绍派来拉拢孙策的使者陈震到了，转达了袁绍想要结交东吴共同攻打曹操的意思。

孙策大喜，当天就让人在城楼上设宴款待陈震。

酒席刚过半，就看见席上众人纷纷离席下楼，一问才知道是一个叫于吉于神仙的人从楼下经过，他们争相下楼拜见。孙策到窗边一看，果然有许多人在路边跪拜一个道士模样的人，还有人对着他焚香祝祷，态度比对自己还要虔诚恭敬。孙策当即怒不可遏，大叫道："把这个妖人给我抓起来！"

左右纷纷劝阻："主公不可啊！于神仙一直在吴郡、会稽一带治病救人，没有不成功的，恐怕真的是神仙下凡，不能亵渎啊！"

"胡说什么？不过是个和张角一样招摇撞骗的江湖妖人，最会蛊惑人心，若不除去，必有后患。"

众人苦苦劝谏都没有效果，只得搬出了孙策的母亲太夫人，但孙策还是坚持要将于吉问斩。于吉死前和死后都有怪事发生，所有人都觉得这是于吉的冤魂在作祟，只有孙策坚持不信邪。

不知道是这段时间孙策不遵医嘱频频发怒，还是因为惦记攻打许都忧思过度，总之，孙策很快就病倒了。

太夫人知道后十分忧虑，孙策拖着病体强行下床去宽慰母亲，还答应了母亲一起去玉清观拜祷的请求。孙策不忍心违抗母亲命令，只好勉强自己坐轿前往玉清观，却再次受到刺激被激怒。气极了的孙策直接去了军营，点齐三军要去攻打曹操。众人好说歹说才将他劝住。

但孙策生着病还来来回回地这么折腾，身体自然吃不消。当天夜里，守在他大帐外的士兵就听见他在帐内不停地叱骂，一边骂，一边嚷嚷着叫于吉滚开，似乎是陷入了梦魇。

第二天，太夫人不放心儿子，特意派人去军营中将孙策传召回府养病。一见孙策的面，太夫人的眼泪就止不住地大颗大颗落下，哽咽着说："伯符……我的儿……你的脸色怎么变成这样……你都不照镜子吗？"

孙策下意识地伸手摸了摸脸颊，只摸到了硬硬的脸颊骨，他勉强忍下心中的酸楚，笑着安慰母亲说："母亲，别哭。儿子忙着练兵，哪顾得上照镜子呀？儿子最近邋遢得很……"

太夫人不忍心再说什么，将他推到镜子面前，让他自己看。

孙策朝镜子里望去，当即"啊"的一声惊叫。

"我怎么会憔悴成这副鬼样子！"孙策话还没说完，就恍惚看见于吉出现在镜子里。

孙策愤怒地拍镜大叫，而后两眼一翻，昏倒在地。脸上的伤口也崩裂了，汩汩黑血顺着脸颊流下。

太夫人连忙招呼人将他抬到内室躺下，又命人去请神医华佗的小徒弟。

不一会儿，孙策模模糊糊有了意识，只觉得自己一颗心都好像不在躯壳里了，浑身轻飘飘的，也感觉不到疼。他暗自琢磨："莫非我已经死了？"

耳边传来低低的啜泣声，好像是母亲在哭，孙策悠悠醒转，轻声呼唤道："母亲……"

太夫人听到孙策的声音，立刻止住哭声，上前握住他的手，说："儿啊，我在呢。"

"母亲，我怕是……怕是活不了了。"孙策断断续续地说。

太夫人眼含热泪猛摇头："不会的，伯符，你还年轻，你会好起来的。"

孙策喘了口气，接着说："母亲，我想见见二弟仲谋……还有张昭等文臣武将……尽数叫来吧。"

众人来到孙权卧榻前，孙策先是吃力地握住了张昭的手，说："子布，天下大乱，咱们吴越人数众多，又有三江作为防线，很占优势。待我去后，你们要好好辅佐我弟弟，守好江东。"张昭和众文臣武将纷纷跪下答应。

"仲谋呢？"

"大哥，我在。"

随着一声应答，一个高大的身影走上前，跪在了床榻边。

孙策朝孙权吃力地伸出手去，孙权赶忙握住兄长枯瘦的手，还未出声就泪流满面。

孙策取出自己的印绶，稳稳地交在孙权手上，交代说："仲谋，率领江东众人阵前交锋、争夺天下，你不如我；选贤任能、保住江东基业，我不如你。望你看在父兄创业艰难的分上，担起大任，若是能问鼎中原，实现父兄未完成的夙愿就再好不过了。"

孙权大哭，给兄长郑重行了一礼后，承诺说："兄长放心，弟弟绝不敢有负兄长所托。"

孙策又看向一旁的母亲："弟弟年幼，辛苦母亲朝夕训导，让他不要忘记正事。也提醒他要善待父兄时的旧人。"

太夫人哭着说："伯符，仲谋年幼……"

"母亲放心，父亲去世时我才十七岁。仲谋的聪明才智胜过我十倍，定能担当重任……"

太夫人哽咽着点头。

孙策继续交代孙权："你刚接手时，难免会遇到困难。倘若是内部的事拿不定主意，可以问张昭；若是外部的事，可以问周瑜。"说到周瑜，孙策忍不住心中遗憾，他被自己派出去镇守巴丘，不在这里，自己怕是见不到他最后一面了。

孙策又让人唤来几个弟弟，吩咐他们要齐心协力辅佐孙权，不可有异心，若是谁敢残害兄弟，死后就不得葬入祖坟。几人都哭着答应了。

最后，孙策又让人请来妻子乔夫人，也细细交代了一番。而后叮嘱她："来日见到了你妹妹，记得请她帮我转告周郎，定要好好辅佐我弟弟，不要辜负我们平日相交的情谊。"

见妻子含泪答应了，孙策这才放下心来，眼前仿佛出现了与周瑜昔日交往的情景：他们年少相交，志趣相投，互为知己，后来更是结为兄弟。

"伯符，我助你成就千秋大业！"

"公瑾，我们是一辈子的好朋友！"

孙策心头剧痛，忽然有万般不舍，他一把扯住孙权的袖子，用力吼出一句："我东吴大军踏平中原之日，杀曹贼……"

随后，气绝身亡，年仅二十六岁。

孙策死后，孙权在张昭的辅佐下料理丧事，接见朝臣，掌管江东诸多事宜。事情还没处理完，就听见有人来报，说周瑜回来了。孙权亲自相迎，说："公瑾回来了，我就无忧了。"

周瑜得到孙策重病的消息后，当即星夜兼程往回赶，可还是晚了一步，他直接哭着跪倒在孙策的灵柩前久久不肯起来。

太夫人命人扶起周瑜，把孙策的遗言告诉周瑜："公瑾，伯符临去前对你委以重任，希望你看在往日的情分上，辅佐仲谋，守住东吴……"

周瑜泪如泉涌，转身对孙权深深叩拜，说："愿为主公肝脑涂地，以报伯符知遇之恩！"

丧事过后，孙权与周瑜商议如何安定江东，守住基业。周瑜认为，广招贤明远见之人前来辅佐，才是上策，还向孙权举荐了鲁肃。

鲁肃此人胸怀韬略、腹蕴机谋，孙权对他甚是敬重，经常谈论一整天也不觉得疲倦，有时天色晚了还会留鲁肃同榻抵足而卧。

没过多久，鲁肃向孙权推荐了南阳人诸葛瑾。诸葛瑾博学多才，被孙权拜为上宾。

在诸葛瑾的建议下，孙权拒绝了袁绍的结盟，转而向曹操示好，接受了曹操送来的大礼——会稽太守与将军头衔，以待时机。

孙权武有周瑜，文有鲁肃、诸葛瑾，自此稳坐江东，深得民心。

趣味链接

古人称呼"套路"多

在本回中,我们会发现,孙策称呼弟弟孙权为"仲谋",称呼好友周瑜为"公瑾",这些都是他们的字。

字,又称表字,最早出现于周代。一般情况下,男子二十加冠,女子十五及笄,代表成年,成年之后,由父母或师长另取的一个与"名"含义相关的别称,以表其德,这就是"字"。有了字,就表示他们已经开始受到人们的尊重了。

有了字以后,名就只供长辈和自己称呼,自称己名可以表示谦逊;而平辈之间相称,就要称呼对方的字,以表示亲近或尊重之意。

一个人的称呼除了姓名和字,还可以有号。号通常是自己取的,一般只用于自称,以显示某种志趣或抒发某种情感。如:杜甫,字子美,号少陵野老。

野老是杜甫在自嘲年龄大了还一事无成,飘零在外,少陵是他曾经居住过的地方,故而自称"少陵野老"。世人对他的称呼则是"杜少陵"或"杜工部"。被称作"杜工部"是因为他曾担任工部校检郎的官职。

曹孟德乌巢烧粮草

——乌巢,那一把大火

当袁绍得知自己拉拢了许久的东吴势力,被曹操用一个将军的官职轻轻松松收买走,顿时气得破口大骂。但讨伐曹操是他惦记了很久的事情,没有帮手也要上,痛定思痛的袁绍最后集结了冀州、青州、幽州、并州等地七十多万军队,向曹操的老巢许都进发。

袁绍大军快到官渡的时候,曹操收到了袁绍举兵南下的消息,亲自率领七万大军前往迎敌,留下荀彧守卫许都。

著名的官渡之战就此拉开了序幕。

官渡是许都的北大门,一旦失守,袁绍的大军就能长驱直入,直取都城,那自己多年来苦心经营的基业可就全完了。可自己一时之间只能调集过来七万兵马,还没有袁绍的零头多。想到这里,曹操就开始犯难了。

一到官渡,看着对面袁绍那连绵九十多里的营寨,曹操感觉自己的头风病都快要犯了,连忙召集众谋士商议对策。

荀攸上前一步,献计说:"丞相大人,袁绍的大军虽然人多,却不足畏惧。我们这次带来的全都是精锐之师,一个人能当十个人用,不如咱们趁袁军新到,还没安置妥当,直接突袭,或许能获胜。要是拖久了,粮草供应不上,那时候就麻烦了。"

曹操觉得他说得有道理，于是命人擂鼓进攻。

但袁绍手下的审配一看曹军将士前来冲阵，当即下令弓箭手万箭齐发，曹军不敌，匆忙向南逃走，退回官渡。

袁绍经过这次小胜后，得意地将营寨前移，逼近官渡扎营下寨。同时听取审配的计谋，在曹操的营寨前垒起五十多座土山，土山上建造高橹，再由弓箭手爬到高橹上向曹操营寨内射箭。弓箭手一波一波井然有序，箭羽连续不断，曹军就是想要弃寨逃走，也全被堵了回来，只得伏在地上用盾牌挡住自己。

后来，曹操的谋士刘晔想出了造投石车的办法，才让袁军不敢再登高射箭。

很快，袁军又开始用铁锹挖暗道，想用这种办法直通曹营。曹操发现后，让人连夜围着营寨挖了一圈防御壕沟，袁军挖到壕沟边就会被发现。

虽然挡住了袁绍的一波波计谋，但曹操也被拖在官渡苦守了两个月，眼看着军中开始粮草短缺，军心也有些不稳，曹操本人也开始动摇了，心想："再拖下去，会不会被困死在这里？要不然放弃官渡撤回许都？"

犹豫不决时，曹操给留守许都的荀彧写了封信询问意见。

谋士荀彧很快回信说："主公，虽然我们没有粮草，但袁绍有啊，吃谁家的粮食不是吃呢？只要您能扼守住官渡，让袁绍不能前进，时间一久，他们的军心必变。"

于是，曹操派大将徐晃去探听袁绍的运粮时间和路线，从袁绍手里抢来一批粮草，解了燃眉之急。但他们此举也给袁绍提了一个醒，袁绍当即派重兵把守屯粮的乌巢。

曹操劫不到粮食，又派人星夜赶回许都筹集粮草。不承想，信使刚离营三十里就被袁绍的巡逻部队逮了个正着。

袁绍手下的谋士许攸见一队人押着一名密探模样的家伙往前走，上前去询问缘由，巡逻部队的将领连忙把前因后果说了。

许攸听完，不由得眼前一亮，连忙带着密探和密探身上搜出来的催粮密信一起去见

袁绍，说："主公，曹操被困在官渡，许都必然空虚，我们正好乘虚而入，杀他个措手不及！等夺下许都后再回头攻打曹操，与大部队前后夹击，定能将曹操赶尽杀绝。"

不料，袁绍不为所动，摆摆手说："曹阿瞒诡计多端，你怎么知道他不是写信诓骗我入城？"

"曹操与我们在官渡对阵日久，粮草早就供应不上了，否则为什么让徐晃抢我们的粮草？主公，机不可失啊！"许攸急得火烧眉毛。

袁绍冷笑道："难为你一片苦心呀？许攸，你当我什么都不知道？你和曹操是多年的好友，你这是替他诱敌深入呢，是不是？"

"主公，我自从追随您之后，从未与曹操有过联系，一片忠心天地可鉴！"

"是吗？你家族的子侄打着你的旗号横行乡里、鱼肉百姓，也是你对我的忠心吗？"

许攸听了这话如遭雷击。

袁绍见状，还以为他心虚了，直接呵斥道："我念在大战在即，先不处决你，给我滚出去，以后不要在我面前露面了。"

许攸面如死灰，过了好半晌才回过神来，僵尸般地一步步往外走，身后犹自听到袁绍的叱骂声，一字一句都让他的脸火辣辣地疼。

夜幕西垂，草深露重，只有秋虫的鸣叫声时高时低、时断时续，听着好不凄凉。许攸失魂落魄地站在天幕下，忽然觉得天地之广竟没有他的容身之所。悲怆之下，许攸心一横，拔出佩剑就往脖子上抹去。

"先生这是何必！"身后的一个随从疾步上前夺下宝剑，低声说，"此处不留爷，自有留爷处！先生一肚子的学问，何必吊死在一棵树上？"

许攸一怔，又听到随从继续说："袁绍不识好人心，咱们另投明主就是了。您既然与曹公有旧交情，何不去投奔他呢？"

许攸好半天才回过神来，自嘲地一笑，说："辛苦你点醒了我，我方才太愚蠢了，为袁绍这种人去死，真不值得！"

于是，许攸简单收拾了一下行李，带着随从连夜投奔曹操大营。

曹操近来睡眠一直不好，今晚刚解下衣甲歇下，就听见守夜的人来报告："丞相大人，许攸投营，请求见您。"

"谁？"曹操觉得自己听得不真切，又问。

"南阳许攸。他自称是您的老朋友。"

"哈哈哈哈！许攸，许子远？好！好！"曹操高兴得直接从床榻上跳起来，连鞋子都顾不上穿，光着脚冲出营帐。

一眼就看见夜色中孤立的人影，曹操想也不想便迎了上去，揽住许攸的肩膀，说："子远，你能来助我可太好了！"

许攸来不及反应，就被曹操的臂膀圈住，旋即又被扯住胳膊拉进大帐。他的脑袋木木的，听不真切曹操嘴里呜里哇啦乱嚷什么，他刚刚在袁绍那里遭了冷脸，面对眼前这个热情的曹操，不由得眼眶一热。

进入大帐后，曹操先一步冲许攸郑重下拜，慌得许攸站立不住，连忙上前扶起曹操，说："您是大汉丞相，怎么能拜我一个平民呢？我一个丧家之犬，唉……"

曹操不以为意，大笑着说："你我是旧时好友，怎么能因为官职爵位分尊卑呢！如今你半夜来寻我，肯定是来救我危困的。如此，你就是我的大救星，我怎么不应该拜你呢？"

"我以前眼拙，误认袁绍为主，不得重用就算了，还要遭人羞辱！"许攸直接跪在曹操面前请求说，"丞相，您若能看在多年情谊上收留我，我定当为您肝脑涂地！"

曹操一把扶起许攸，笑着抬起脚来示意许攸看，说："子远，你看，我一听说你来了，欢喜得连鞋都顾不上穿！这还不能说明我对你的情谊吗？"

两行热泪滚落，许攸抬袖拭去，说："孟德，你还是过去的孟德，一点没变！"

夜已经很深了，一对老朋友秉烛夜谈，说起那些少年往事，又聊到如今的情况。

许攸问："孟德，你跟我说实话，军中的粮草还能支撑几天？"

曹操干笑几声，说："虽然粮草不多，支撑一年半载没什么问题……"

许攸听他这么说，直接哑然失笑，说："恐怕未必吧！怎么不说实话呢？"

曹操又笑，说："还能支撑半年。"

许攸站起来就要往外走，边走边说："咱们之间连这点信任都没有吗？"

曹操三步并作两步，上前拉住许攸的袖子，说："我说实话还不行吗？！三个月！"

许攸直接气笑了，说："人人都说曹孟德奸诈狡猾，果不其然！你军营中分明已经上顿不接下顿了，还欺瞒我做什么？"

曹操大惊失色，问："你怎么知道？"

许攸慢悠悠掏出曹操催粮的密信，说："袁军活捉了你的信使，只可惜袁绍愚蠢，偏偏不敢信。他要是听我的建议奇袭许都，你现在怕是已经败了！"

曹操一时语塞。

许攸望着老友长叹一声，说："没想到有一日你的奸诈人设还能这般救你一命！"

曹操旋即大笑，说："兵不厌诈嘛！哈哈哈！"

"孟德，你想不想打胜仗？我有个法子，保你三日之内建奇功！"

"什么？"

"火烧袁绍的粮草大营！"

"他的粮草大营在哪里？"

"乌巢。"

"有多少人把守，守将是谁？"

"一万人。守将名叫淳于琼。"

"我知道这个人，老朋友了，也有些手段。"

许攸听到这里，不由得嗤之以鼻，说："嗜酒如命之徒罢了，能有什么手段？"

曹操坐起身子，一脸诚恳地望着许攸，说："子远，请指点我！"

许攸回望曹操，一字一顿地说："孟德，你可让人继续在这里拖住袁绍，另选一支精兵奇袭乌巢。袁绍大军只要没了粮草，三日之内必会大乱。"

"如何才能潜入乌巢大营？"

"可令奇袭士兵换上袁军衣服，打着袁军旗号，谎称是支援的兵马。"

第二天，曹操挑选出五千精壮将士，准备亲自去夜袭乌巢。张辽不放心，劝说曹操："丞相大人，万一许攸有诈呢？若乌巢有埋伏，您这一去不是自投罗网吗？"

曹操笑着拍了拍张辽的肩膀，说："文远放心，我了解许攸。他要是想害我，此刻不会愿意留在我的大营里。如今我军粮草供应不上，难以持久作战，也没有别的办法了。"

张辽又说："丞相大人，既然非去不可，请让我领兵前去，您坐守大营才更为稳妥……"

曹操说："文远，眼下形势危急，唯有我亲自上阵，将士们才能奋勇向前。文远，你也跟着我去。放心，我已经安排了守营人员，防备袁绍偷袭。"

张辽见此，不再劝说。

黄昏时分，一切安排完毕，曹操打马来到奇袭队伍的最前面，大声道："将士们，生死存亡就在今夜！大家跟我去乌巢拼杀一场，成功了我给你们记头功！"

说罢，带头把面前的酒一饮而尽，而后"哐啷"一声将酒碗摔碎在地，激起微尘。

众将士也纷纷饮下壮行酒，然后背起柴草和装满硫黄、火种的口袋，跟在曹操的马后一路疾行。每个人都知道此行艰险，但一想到若是能一把火将乌巢烧个底朝天，他们的心中都充满干劲。

眼看离乌巢越来越近，天色也越来越暗。众人都打起了十二分的精神。

路过袁绍别寨时，遇到了巡逻的士兵。小将迎面走来，大喝："什么人？"

明晃晃的火把照着曹操的脸，曹操淡定地说："蒋奇，奉主公之命去乌巢帮忙保护粮草。"

这也是许攸交代的，遇到袁绍的兵马盘问，就说是去支援的，主将名叫蒋奇。

这招很管用，袁军见到自家旗号，不再疑惑，直接放行。

得益于许攸的安排，曹操顺利通过一个个关隘，在四更将尽时顺利到达乌巢。

乌巢守将淳于琼因为不满被派来守粮，不能上战场厮杀，每天都聚集手下将领在大帐中饮酒作乐。此时，大帐中的众人早已醉得一塌糊涂，都来不及挣扎就被曹操派来的将士绑了起来，有三两个还能挣扎的也被曹军用挠钩直接拖翻在地。

曹操下令将士们将背来的柴草堆在粮仓外围，硫黄也扔上囤粮的大仓，然后点火。刹那间，熊熊烈火燃成一片，一座座粮仓接连被点燃。金红的火焰如一条条火龙蹿上半空，浓烟滚滚，乌巢的夜顿时亮如白昼。

"什么人？"有一队小将举起火炬，斥问曹操等人。原来是今日奉命前来运粮的袁军将士，刚走出乌巢没多远，眼看着乌巢上方火光冲天，急忙返回来查看。

曹操见事情败露，连忙分兵抵御，一边御敌，一边吩咐还在点火的士兵："快点火！不许分心！贼兵到你们身后了才准回身战斗。"

很快，回援的一队小将也被曹军解决了，乌巢的大批粮草全部被烧毁。众人押着乌巢守将淳于琼来到曹操马前，淳于琼还没有从酒醉中清醒，晕乎乎地就被人死命摁在地上。

"淳于琼，还认识我吗？"曹操在马上哈哈大笑。

淳于琼使劲抬起头，他当然认得曹操，当年的西园八校尉之一。

曹操还要再说些什么，负责接应的张辽已经拍马冲到了近前，急切地说："丞相，快走！袁绍的增援部队要到了！"

"谁带兵？"

"蒋奇!"

"哈哈哈哈!夜路走多了,居然撞见鬼!"曹操大笑不止,也不打算耽搁了,直接下令往回撤军。

临走前,他还命人割去淳于琼的耳朵、鼻子和手指,绑在马上放回袁绍营寨,以此羞辱袁绍。

曹军撤出乌巢一段距离后,曹操回头望向乌巢方向,滚滚烈焰已经烧得不分天地,曹操不由得再次大笑,一脸得意地说:"袁绍,我送给你的这份大礼,希望你能喜欢!哈哈哈哈!"

回营的路上,曹操正面遇上了蒋奇的人马。因为曹军全都换上了淳于琼的衣服铠甲和旗帜,谎称是去给袁绍报信的淳于琼残兵,蒋奇根本不设防,措手不及下就被张辽一刀斩落马下。

等曹操赶回营寨时,袁绍派来攻打曹营的张郃、高览大军已经和留守的曹军交战了好一阵子。曹操见状,连忙下令自己带领的人马也加入战斗,前后夹击。很快,张郃、高览便夺路而逃。

因为郭图的从中挑唆,袁绍对张郃、高览的失败十分生气,要问罪于二人,二人干脆直接倒戈曹操。

袁军这边接连失去了好几员大将,乌巢的粮草也没了,一时之间人心惶惶。

反观曹操这边则是喜事连连,他十分干脆地采用了许攸的建议,以张郃、高览为先锋,趁热打铁去劫袁绍的营寨。从三更时分直接鏖战到天明,袁绍大军折损大半,信心全无。

曹军越战越勇,几天后再次袭击袁军大营,分八路围剿,袁军斗志全无,军队大溃,袁绍仅带着八百残兵逃了出去。

曹操望着收缴来的一应物资,喜不自胜。

趣味链接:西园八校尉究竟是个什么组织

在本回中提到曹操、淳于琼等人都曾是"西园八校尉"的成员,这是个什么组织呢?

校尉是汉代的一种武官官职,可以统率军队,地位曾仅次于将军。

西园则是汉灵帝后宫的名字,他用卖官鬻爵得来的钱财修建了一座豪华的私人宫殿,供自己享乐,史称西园。

在汉灵帝当政时期,外戚何进官至大将军,权势熏天。为了分散他的权力,汉灵帝便设置了"西园八校尉"这个军事组织,由汉灵帝亲自领导,负责人是蹇硕,袁绍、曹操、淳于琼都是成员之一。蹇硕是汉灵帝时最受宠的常侍。

相信看到这里大家马上也就明白了,所谓的"西园八校尉",就是汉灵帝打算对付外戚的一个组织,曹操他们都是工具人。

冀州城曹丕娶甄宓

——英雄难过美人关

乌巢的那一场大火，不仅烧灭了袁绍所有的雄心豪气，还要了他的半条命。

这位含着金汤匙出生的名门贵公子，一生之中从来没有输得这么惨过。他这段时间简直如同衰神附体，乌巢粮草被烧、心腹蒋奇被杀、大将张郃投降、官渡营寨遭劫……

一桩桩噩耗传来，仿佛一道道来自阎罗殿的催命符，把袁绍直气得胸口炸裂，他不由得大喝一声："哎呀，气死我也！"

但身后的曹操紧追不舍，他只能带着八百残兵连夜渡河到黎阳去找大将蒋义渠。蒋义渠是袁绍手下的猛将，看见袁绍狼狈前来，连忙为他召集离散之众。

大家听说袁绍在蒋义渠这里，纷纷聚拢过来，商议对策。有人说："敌众我寡，不如先撤回冀州，等筹措到足够的兵马和粮草后再战？"

袁绍很不甘心，但眼下也没有更好的办法，只得同意了回冀州，他恨恨地发誓道："我一定要报仇！曹操，你给我等着！"

不久之后，袁绍拖着病体，又集结起青州、冀州、幽州、并州几处的二三十万兵马，气势汹汹地来复仇。

曹操采纳了程昱献上的"十面埋伏"之计，设下十路伏兵。而后，派出许褚前去诱敌，假装敌不过，将袁绍的兵马一步一步引到黄河边，十路伏兵一起杀出，将袁军杀得尸横遍野。

袁绍父子如丧家之犬一般逃回旧寨，一口热饭都还没吃上，就听见张辽、张郃领兵杀了过来。袁绍只得慌忙上马，往仓亭方向逃窜，曹军紧追不舍，围追堵截。

袁绍无法，只能继续逃。眼睁睁地看着自己的部下一个个倒下，军马几乎全死了，袁绍的心头如同刀割火烤一般，身子麻木得一动不能动。

袁绍的二儿子袁熙见状，奋力格开四面八方刺来的枪矛，冲到袁绍身边，疾呼："父亲，快走！"

袁绍如梦方醒，只得打起精神来在贴身侍卫的保护下且战且退。

突然，一支不知从哪里飞来的羽箭正中袁熙的肩头，他闷哼一声，摔下马来。

"熙儿！都是为父的错啊！"袁绍也顾不得身在刀枪丛中，一把将袁熙抱在怀里，失声痛哭。郭图忙命兵士把袁绍和袁熙救起，拼死逃出包围圈。

暂时脱离危险后，袁绍和三个儿子抱在一起痛哭流涕，这一连串的变故让袁绍气急攻心，直接昏倒在地。

众人连忙去救，醒来后的袁绍一口鲜血喷涌而出，悲声感慨道："想不到我英雄一世，竟然被逼到如此山穷水尽的地步，窝囊！窝囊啊……"

"父亲，我们还没山穷水尽，只要能回去，儿子还能卷土重来，誓要与曹贼一决雌雄！"

"好儿子，我袁绍的好儿子！"

于是，袁绍命令袁熙回幽州，辛评、郭图随袁谭去青州，让高干去并州，各自整顿人马以待来日。而袁绍在袁尚等人的陪同下回冀州养病。

但他这病还没养好，曹操已经领兵来攻打冀州了，袁绍让三个儿子和高干分别从四路迎战曹操。谁承想，三儿子袁尚初次领兵，便骄傲轻敌，很快被张辽打败。

听闻前方战败的消息，袁绍旧病复发，吐血数斗，昏倒在地。醒来后，袁绍已经不能说话了，勉强交代完后事便吐血而死。

就这样，出身四世三公之家、起点高出别人一大截的袁绍，因为听不进别人的劝告，生生将自己的一副好牌打了个稀巴烂，最终还赔上了自己的性命。

袁绍死后，他的三个儿子袁熙、袁谭、袁尚为争夺冀州掌权人的位置，互相残杀。袁尚为了除掉袁谭，甚至不惜借曹操之手设下埋伏，一点血肉亲情都不顾。这样的三兄弟，怎么能抵挡得住曹操的铁骑呢？

冀州破城的那天，曹家的二公子曹丕，迎来了他十八岁青春年华中最灿烂的一天。

要说这曹丕，真是个人物。他出生的那日，一团青紫之气盘旋在居室的上方经久不散。自古以来，凡是天生异象的孩童，一定富贵不可限量。为此，曹操专门找了个术士来查看。那术士惯会察言观色，胆子还大，他见曹操气度不凡，自然顺着曹操的心意说，他悄悄凑到曹操耳边低声说："这是天子之气，这个孩子是天神下凡，将来必定贵不可言！"

曹操心中一惊，然后对术士低声嘱咐道："这话你烂在肚子里。"但从此，曹操对这个儿子也多了几分特别。

曹丕长到七八岁，天资显露无遗，学文学武都有过人之处，深得曹操的喜爱。如果这世上没有他的胞弟曹植，那曹丕真可算得上世间第一等风流人物。

长大后的曹丕被立为世子，时常跟在父亲身边南征北战。"江南有二乔，河北甄宓俏。"这话是别人告诉曹丕的，从此"甄宓"这个名字便时常在少年曹丕的心上荡起涟漪，后来听说她及笄之年就嫁给了袁绍的二儿子袁熙，曹丕忍不住在心头一阵阵叹息。

冀州城破那天，曹丕几乎是毫不犹豫地冲向袁绍的府邸，他想见一见甄宓。

袁绍原本的府邸已经被曹操派兵把守起来，原本富丽堂皇的府邸已经一片狼藉，一大群蓬头垢面的女眷跪在廊下空地上瑟瑟发抖，不敢抬头去看身边寒光森森的兵刃丛林。

曹丕快马奔到袁绍府门前，翻身下马，大步流星地往里走。把守府邸的小校阻止了他，说："丞相有令，任何人不准进入袁府！"

曹丕也不说话，"唰"的一声抽出随身佩剑，架在小校的脖子上。

跟在曹丕身后的贴身侍卫怒斥小校："你瞎了吗？世子也敢阻拦！"

小校害怕地退了下去，曹丕冷笑一声继续往里闯。

院落重重叠叠，富贵堪比汉室宫殿，曹丕走了好久，才来到内院。他抬眼扫视了一圈，只见廊下空地上跪满了人，黑压压的一大片头顶，曹丕冷声质问："哪个是甄宓？"

一片沉默。

曹丕有些不耐烦，给身旁的侍卫递了个眼神，那人马上厉声高喝道："所有人，抬起头来！"

人群中发出细碎的抽泣声，很快全都抬起了头。

曹丕眼神扫过，眉头不禁一皱，所有女眷脸上都涂着锅底灰，摘掉了钗环首饰，头发纷乱如野草，根本看不出原本的容颜，显然都是在故意扮丑，以避免受到敌军的侮辱。

"哼！"曹丕低低冷笑，"这种雕虫小技也想蒙骗我。"

于是，他用温和的声音说："交出甄宓，饶你们不死。"

所有人都不说话，曹丕又使了一个眼色，一旁的武士手起刀落，跪在人群最外层的一个老婆子应声倒地，连一声闷哼都没有发出。

众人看着这个披甲执剑，笑容温和，通身有说不尽的风流气派的少年公子，心中遍布寒意。

曹丕继续温和地笑，在他的笑声中，又有一个丫鬟模样的女子倒下了。

"甄宓在内堂里。"突然，人群中一个妇人嘶哑的声音响起。

曹丕闯入内堂一搜，果然有两个妇人藏在屏风后瑟瑟发抖。曹丕让手下将两人押出来问话。他用剑尖指向年轻的女子，说："把脸擦干净，让我瞧瞧！"

那个身影顿了一顿,旋即跪坐起身,用衣袖擦去脸上的黑灰,花容月貌瞬间显露出来。

那是怎样的一张脸呢?肤如皓雪,面似满月,双眉修长入鬓,明眸光华四射,端端是一个倾国倾城的大美人。曹丕直接被她的美貌惊呆了,心头只剩下一句话在盘旋:

"世间竟有如此美丽的人!她要是我的妻子就好了!"

甄宓并不理会他的震惊,高昂着头,一脸平静地说:"冀州城已经破了,我一个弱女子也挡不住你们的铁骑,要杀要剐都随便你。"

曹丕一腔热血涌上心头,他大声说:"我不杀你!我要娶你!"

"你?"甄宓一愣,"你是谁?"

"我是曹丞相的儿子曹丕。你不要怕,我会保护你。你愿意吗?"

甄宓强忍着羞愤一脸讥讽地说:"成王败寇。自古都是胜利者说了算,轮得到我说不愿意吗?"

曹丕心中一痛,刚想安慰她两句,就看见一群人簇拥着曹操进来了。他赶忙上前见礼。

曹操强压着心头怒火,低声质问道:"谁让你违抗命令闯进来的?"

"儿子知罪!"曹丕立刻跪下,"咚咚咚"地磕了三个响头,"儿子有个心愿,求父亲成全!"

"你有什么心愿?"

"儿子想娶甄宓为妻。"

曹操一听这话怒火更盛,他原本封锁袁府,就是打算施恩,为自己博一个宽厚仁义的美名。为此,他不惜亲自前往袁绍墓前哭祭,收买人心。没想到一番打算差点被自己最器重的儿子坏了事,顿时糟心不已。

曹操又想起眼前的要紧事,让人将袁绍的夫人刘氏带过来,对她表明了自己会善待袁家众人，只是希望她能劝说袁绍残党归顺自己。在曹操的软硬兼施下，刘氏答应了。

想了想，曹操又开口问："我儿曹丕想迎娶甄氏，你怎么看？"

刘氏说："感谢曹小将军对我等的保护，愿意将儿媳甄氏嫁与令公子。"

曹操对她的识时务很满意，赏赐了她不少金帛粮米。

对于河北的百姓，曹操则免除了当年的赋税，以示恩惠。同时上表朝廷，请求由自己担任冀州牧，袁绍的地盘就这样全盘落在了曹操的手里。

冀州事了，曹操又想起了同样让自己糟心不已的许攸。

就是在今日，曹操骑马入冀州城门时，身后跟着的许攸突然放声大笑，笑得浑身颤抖，还口出狂言说："哈哈哈！曹阿瞒啊曹阿瞒，如果没有我许攸，你今日还能顺利入城吗？"

闻言曹操大窘，他最不喜欢别人喊他这个绰号，可许攸是自己的发小，又刚刚立下大功，他也不好说什么。

曹操身边的侍卫头领看出了曹操的不快，轻声提醒道："许先生，您快别乱开玩笑了。"

"怎么开不得玩笑？我和曹阿瞒可是一起长大的兄弟！别人叫不得，我还叫不得？"许攸不以为意，继续得意忘形地说。

曹操气得眼冒金星，又不好发作，他可不愿落下个杀功臣的坏名声，只好使劲拍马，抢先入冀州城去。

不承想，曹操的忍让让许攸愈发自大了，成天吹嘘曹操能攻进冀州全是自己的功劳。

其他人虽然恼怒，却又懒得与他争辩，只有"虎痴"将军许褚为人耿直，又对曹操忠心到了极致，听许攸整天胡咧咧，忍不住与他争辩："你好大的口气！全都是你的功劳？若不是丞相身先士卒，若不是将士们出生入死，哪里有今日的大胜？你一个搬弄唇舌的，怎么敢抢我们的功劳？"

许攸听了冷笑一声，说："你一个匹夫知道什么？要是没有我的妙计，曹阿瞒能火烧乌巢？能取得官渡大捷？要不是有我，你们这些粗人早就被袁绍灭了！"

"住口！"许褚听他又开始对曹操不敬，气得目眦欲裂，拔出宝剑就刺了过去。许攸闷哼一声，倒了下去。

"许将军，他是主公的……"周围有人低声提醒道。

"敢对丞相无礼，他就是天王老子我也要杀他！"许褚将宝剑收回剑鞘，径直去找曹操请罪。

等许褚把前因后果都说了一遍后，曹操直接愣住了，他实在没想到，让自己糟心不已又不得不忍让的许攸，就这么轻轻松松地没了。

曹操心里长长松了一口气，嘴上却假装生气地说："许攸是我的好朋友，他跟我开开玩笑罢了，我都不生气，你怎么还当真了呢？"

"丞相大人，我杀了您的好友，自知罪不可赦！您处死我吧！"许褚跪在地上，梗着脖子说。

其他在场的将士赶忙围上来替许褚求情，说："丞相大人，许褚将军不是成心的。他向来战功赫赫，又对您忠心耿耿，如今还有大战在即，不可斩杀许将军啊！"

曹操见有人给台阶，直接就下来了，他说："既然如此，许褚，那我就罚你将许攸的尸骨送还家乡厚葬，你要亲自扶灵！"

许褚也不争辩，直接领命前去。

处理完这一应糟心事后，曹操终于有时间处置逃到北边的袁谭、袁熙和袁尚三兄弟了。

曹操最先收拾的是袁谭。

袁谭是个反复无常的小人。他先是投降了曹操，而后又叛变，把曹操气得牙根直痒痒。腾出手来的曹操亲率大军前来征讨,袁谭打不过就又想投降,曹操这次直接不给他机会,一直追到南皮,袁谭被曹洪在阵前一刀砍死了。

袁熙与袁尚得到消息后,自知敌不过曹军,直接弃城而走,逃到了乌桓。

曹操先是打败了并州的高干,平定了并州,而后就准备北征乌桓。

曹洪担心乌桓的位置太偏远,此时若继续追击,一旦刘备、刘表趁机偷袭许都,都来不及回去支援,实在是得不偿失。因此,他建议先班师回朝。

但郭嘉并不这么认为,他说:"乌桓人应该想不到我们会去攻打,一定没有防备。他们与袁绍一贯交好,若是让袁熙和袁尚在那里发展出了势力,必成后患。不如趁现在出兵,一定能够大获全胜。反观刘表和刘备,刘表不是领兵之才,不敢完全信任刘备;刘备自己此时又没什么势力,都不足为惧。"

曹操于是听从了郭嘉的建议,率领三军直奔乌桓,没用多久就大败乌桓。但此时曹操却高兴不起来,让他不高兴的事有两件:一件是袁尚和袁熙又跑了;另一件是郭嘉因为水土不服病死了。

曹操对郭嘉的去世,非常痛惜。他亲自到郭嘉灵柩前祭奠,大哭着说:"郭嘉死了,这是上天要亡我啊!"

众人跟着哭得止不住。郭嘉的侍从跟着拿出了郭嘉的遗书,交给曹操。曹操看完更是哭泣不止,惋惜到心痛。

原来,征讨乌桓的途中,郭嘉就因为水土不服被曹操派人提前送回易州养病,但他整日想着曹操征讨的事,实在静不下心来养病,于是越病越重。等到自知命不久矣时,他还想着讨伐辽东的事,因此在遗书中为曹操献上定辽东的计策。

根据郭嘉的计策,曹操在易州按兵不动,没过多久就等来了辽东太守公孙康派来的使者,还送上了袁熙、袁尚的脑袋。

原来,辽东太守公孙康一直害怕被袁氏吞并,袁熙、袁尚去投奔他,他当即就怀疑这两人是来跟他抢辽东的。再加上曹操按兵不动，公孙康很害怕他们是诱饵，于是几人在辽东自相残杀。最后，曹操不费一兵一卒，还得了一个大好处。

曹操想到这里，更加惋惜了，再次领着文臣武将一起到郭嘉灵前祭奠。

趣味链接：《三国演义》美人大盘点

在本回中出场的美女甄宓，不仅长得非常漂亮，而且很有德行，所以也有"三国第一美人"之称。三国故事中大名鼎鼎的美人可不少，她们有些已经出场了，有些会在后面的故事中陆续登场，先在这里给大家浅浅盘点一下吧。

姓名	身份	经典情节	结局
貂蝉	司徒王允家的歌伎，后嫁与董卓为妾，董卓死后随吕布到徐州	连环计	吕布死后，貂蝉跟着吕布家眷一起到了许都，从此不知所终
甄宓	河北名门贵女，袁熙的正妻，后嫁给曹丕	冀州城曹丕纳甄宓	被曹丕赐死
小乔	江东名士乔玄的小女儿，后嫁给大都督周瑜为妻	诸葛亮游说江东，以小乔来刺激周瑜参战	结局不明
大乔	江东名士乔玄的大女儿，后嫁给孙策为妻	孙策去世时有过出场	结局不明
孙尚香	孙权的妹妹，后嫁给刘备为妻	协助刘备逃离江东	投江而死
蔡文姬	名士蔡邕的女儿、女诗人、音乐家	蔡文姬与曹操看曹娥碑卷轴	隐居，结局不明
邹氏	张济的妻子、张绣的婶婶	曹操迷恋邹氏失宛城	结局不明
樊氏	桂阳守将赵范的寡嫂	赵云拒绝纳樊氏	结局不明
祝融夫人	孟获的妻子、擅使飞刀的女将军	七擒孟获桥段中用飞刀与蜀将对战	结局不明

刘皇叔策马跃檀溪

——天选之子的头顶光环

曹操收拾袁绍父子的时候，刘备也没有闲着。

刘备在汝南得到刘辟、龚都等数万之众，一听说曹操在河北跟袁绍作战，当即亲率大军去偷袭许都。

曹操刚刚在仓亭将袁绍追到吐血，就得到了刘备进犯的消息，这还了得，连忙率领大军回援，这才给了袁绍一丝喘息之机。

双方在穰山展开交战，曹军刚到就跟刘备打了一仗，失败后就不打了。

一连十几天都不出战，刘备还正奇怪呢，就得到了汝南被攻破的消息。刘备大惊失色，匆匆忙忙撤军，结果就被曹操乘乱追杀，只带着一千多人逃了出来。

刘备原本想偷偷摸摸讨个便宜，谁知不仅没有如愿，还再次输光了家当，当下连自杀的心都有了。

谋士孙乾却宽慰他说："胜败乃兵家常事，主公不可丧失斗志。我看这里距离荆州不远，荆州的刘表坐拥九郡，兵精粮足，又和您一样都是汉室宗亲，您何不去投奔他呢？"

刘备心头一阵阵难过，可望着身边这些抛家舍业、陪他出生入死的将士，又强打精神振作起来。当下就派孙乾去刘表处，表达了自己想要投靠的意思。

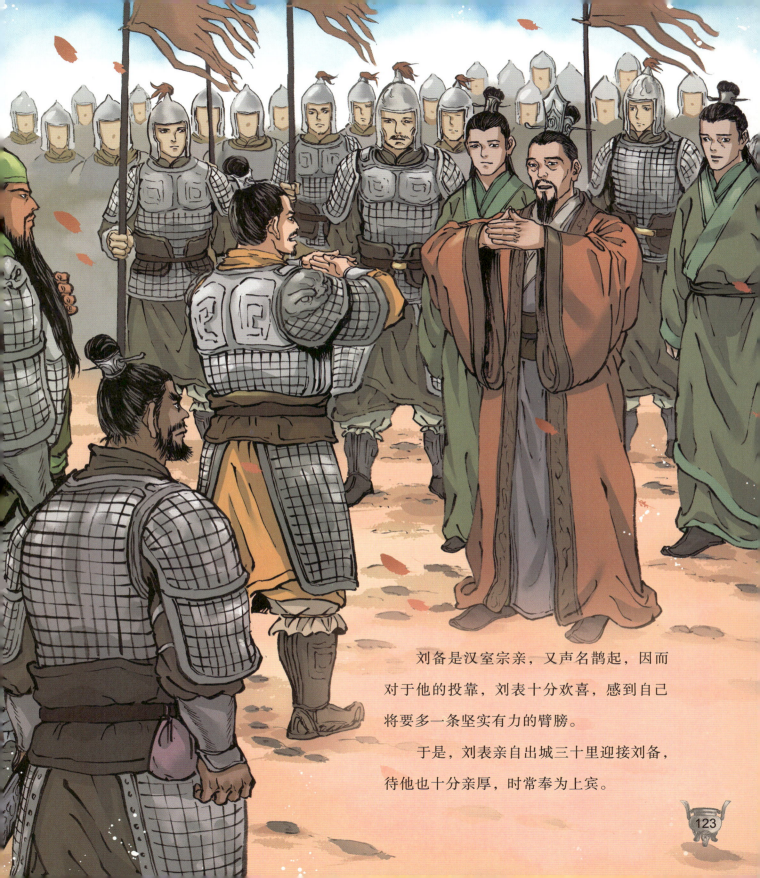

刘备是汉室宗亲,又声名鹊起,因而对于他的投靠,刘表十分欢喜,感到自己将要多一条坚实有力的臂膀。

于是,刘表亲自出城三十里迎接刘备,待他也十分亲厚,时常奉为上宾。

刘表虽然很欢迎刘备，但刘表的小舅子蔡瑁却处处看刘备不顺眼，常在人前人后骂刘备："不过是一个卖草席的，他是哪门子皇叔！"

恰逢此时，听闻张武、陈孙在江夏造反，刘备立刻主动请缨。刘表给了他三万人马，让他前去平叛。刘备也十分争气，很快就平定了叛乱，不仅给刘表交了一份投名状，还得到了张武的坐骑的卢。

刘表见到了刘备的实力，自此经常请刘备一起饮酒谈心、倾吐心事。

刘表的夫人蔡氏和小舅子蔡瑁见他对刘备这么亲厚，生怕刘备在荆州的权力太大，不好控制，时常在刘表面前说刘备的坏话。

刘表虽然不信，心里却难免有疙瘩。

这天，刘表和刘备又在后花园喝酒。

皓月当空，朗照四野，刘备因为刚刚打了胜仗心情大好，连说了好几个笑话。可刘表却情绪低沉，长吁短叹了好几回。

刘备忍不住问道："景升兄，江夏的叛乱已经平息，你怎么还这么忧心忡忡呢？"

刘表又叹息了一声，端起面前的酒杯一饮而尽，说："玄德，实不相瞒，最近有些人在我面前嚼舌头，说……说了一些，对你不利的话，让我十分烦恼……"

刘备一听就知道必然是蔡瑁之流在捣鬼，他满怀愧疚地说："景升兄，是我让你为难了。"

"自从你来到荆州之后，总有一些风言风语，说你在私底下拉帮结派，说荆州的人都被你收买了一大半……你……你是怎么想的？"刘表支支吾吾地说。

刘备心头一怔，暗想："刘表不详说内情，必然是有难言之隐，也许是蔡瑁的姐姐蔡氏在吹枕头风。"

刘备风里雨里这么多年，明枪暗箭见识过不少，几句枕头风还真没放在心上，不过他担心这枕头风继续吹下去，刘表的心里生出更大的嫌隙，那自己可就无处可去了。

眼前这种状况，刘备觉得自己还不能失去刘表的信任，要不还是避避嫌吧。

想到这儿，刘备温和地一笑，说："景升兄，我突然想起来一件事，听说新野现在防御空虚，不如派我到那里吧。"

刘表脸色一僵，知道刘备已经明白了他的弦外之音，脸颊有些泛红，说："玄德，我不是这个意思……"

"景升兄，这样对谁都好。你若是同意，我明日一早就带着人马去新野。今晚的这顿酒，就当为我饯行了。"

第二天一早，刘备果然骑着赵云从战场为自己缴获的的卢马，闷闷不乐地出了城。

这匹马，刘备在江夏战场上一眼就看中了，喜欢得很。

它高大雄骏、四肢修长，通透雪白，没有一丝杂色。刘备看到的第一眼，就忍不住赞道："好马！这一定是千里马！"

赵云听到后，直接冲了出去，说："主公，我去给您夺来！"

说罢，白盔白甲的赵云像一道闪电似的冲到张武身边，不到三个回合就将张武刺落马下。而后，赵云把夺来的的卢马带回刘备身边。

"子龙，你真是神人啊！"刘备欣喜若狂，自此对的卢分外爱惜，没事的时候还要亲自给它刷毛。的卢也颇为依恋刘备，经常用额头轻轻蹭刘备，无比亲昵。

前些天，刘备和刘表一同出城办事，刘表也称赞了好几句，刘备见状忍痛割爱送给了刘表。没想到只过了一天，刘表就将它送了回来，为此刘备心里还挺高兴的。

刘备还沉浸在自己的思绪中时，突然就听到了一声呼喊："玄德公！"

刘备回头一看，原来是刘表的门客伊籍。刘备和他有过一面之缘，也算是有些交情。没想到这个风口浪尖上他还敢来送自己，刘备郁闷的心情似乎一下子烟消云散了。

"玄德公！等等我，我有话说……"伊籍跑得上气不接下气。

等到了近前，他一把扯住刘备的马缰绳，急切地说："玄德公，你以后不要骑这匹马了！快，快换一匹马！"

刘备下马，疑惑地问他："这匹马有什么问题？不是一匹千里马吗？"

伊籍道："是千里马，但我听说这马天生异相，会妨害主人。玄德公，你还是不要骑了。"

刘备忽然就明白了刘表为什么会将马还给自己，但他并不放在心上，反而莞尔失笑问伊籍："伊籍啊，难不成你还是个伯乐吗？你什么时候学会的相马术？"

"玄德公，我没有开玩笑。"

刘备豁达地笑了笑，说："多谢你前来相告。不过我不信这些，生死有命，跟一匹马有什么关系呢？"

伊籍闻言心中一震，对刘备的豁达心胸十分佩服，日后也与他常有来往。

刘备避到新野后，把新野治理得风清气正，颇受百姓尊崇。很快，他又添了一件喜事——甘夫人为他生下长子，取名阿斗。这个生于建安十二年（公元207年）春天的婴孩，就是以后的蜀后主刘禅。

刘备在新野的日子过得十分如意，唯一不如意的就是刘表十分不听劝这件事。刘备想请刘表趁曹操北征时偷袭许都，刘表却总以自己"坐拥荆州九个郡，十分知足"为由，拒绝出兵。

等到曹操依靠郭嘉遗计平定辽东，将整个北方都掌握在手上时，刘表才开始后悔没听刘备的建议，错失了良机，曹操接下来怕是就该对付自己了。

为此，刘表再次与刘备亲厚起来，时常请刘备入府喝酒，商议对策。

这天，刘表又邀请刘备到荆州城喝酒，喝着喝着，刘表就长吁短叹起来。他最近的日子十分不消停，两个儿子为争夺继承权闹得离心离德，他夹在中间难以决断，备受煎熬。

刘表的长子刘琦是过世的正妻所生，为人贤良方正，按照祖宗规矩，自然是他当世子,但他为人软弱,刘表不是很喜欢;次子刘琮是继室蔡氏所生,为人聪明,很受刘表喜爱。刘琮仗着蔡氏和手里握有兵权的舅舅蔡瑁,根本不将刘琦放在眼里。眼看着亲生骨肉互相倾轧,刘表心痛得难以自已。

今天,刘表在和刘备喝酒时,情绪全面爆发了。他流着眼泪对刘备说出了自己的心事:"玄德,你说我该怎么办呢?琦儿虽然是世子,但军中大权都掌握在蔡氏手中,我担心他们会以军权挟制我,那琦儿的世子之位就危险了……"

刘备此时也有点醉了,他一反往日的周到圆滑,脱口而出:"景升兄,自古以来,废长立幼都会引起骚乱,这件事你还有什么可疑惑的呢?你若是担心蔡氏会胡来,我可以助你慢慢削减他们手中的军权,可不能因为这个就废长立幼啊!"

刘表顿时沉默了。削减他们手中的军权,那要给谁呢?

刘备被他复杂的眼神一看,立马酒醒了大半,人家的家务事,自己瞎掺和什么!想到这里他连忙借口上厕所,起身离开了一会儿。

等刘备回来时,两人的脸色都调整正常了,刘备为了缓和气氛干脆开起了自己的玩笑:"我如今长时间不骑马,腿上长了许多肉,以后怕是骑马都不方便了。我如今已经这么大年纪了,还一点功业都没建立,真的想想都心酸得想哭。"

刘表出声安慰他:"玄德,别这么说。我虽然远在荆州,也听说过你与曹操青梅煮酒论英雄的事。你是曹操都承认的英雄,何愁不能建功立业呢?"

刘备一时得意,大笑着说:"曹操算什么?要是我刘备有他的家底,根本都不用将他曹阿瞒放在眼里!不!应该说天下就没有我需要惧怕的人!"

刘表听完又沉默了:"天下人都不用惧怕,这是连我也不放在眼里了吗?"

刘备一看——得,又说错话了。他赶紧起身告罪,说自己喝多了,该回馆舍休息了。

刘表回去后心里十分不痛快。蔡氏见状连忙迎了过来。

她一直怀疑刘备不怀好意,所以每次刘备来喝酒,她都要去偷听。今天她正好躲在

门外,听见了刘备劝刘表不要立自己儿子刘琮为世子的事,当下就恨透了刘备。

眼下看见刘表面露不快,她连忙假装不知,关心刘表。刘表就将刘备临走前的那番话对蔡氏说了,蔡氏一听机会来了,立马在刘表耳边煽风点火:

"刘备也太瞧不起人了,他还将您放在眼里吗?我早就觉得,他来荆州做的这些事,定是生出了跟您抢荆州的野心。您要是现在还对他心慈手软,以后定会成为大患啊!"

刘表听她这么说,只是摇了摇头,并没有下定决心要做什么。

蔡氏见这样都说不动刘表,心头更恨了:"既然你狠不下心来,那我就自己动手吧!"她让人悄悄将自己的弟弟蔡瑁喊来,吩咐说:"你找个机会杀了刘备!这个人留不得了!"

蔡瑁听完姐姐的话,十分干脆地说:"那行!我今晚就去馆舍杀了他,咱们先斩后奏。"

当天晚上,醉醺醺的刘备回到馆舍休息,刚睡下没多久,伊籍就来了。

伊籍无意中看见蔡瑁大晚上鬼鬼祟祟进了刘表家,心中疑惑便跟了上去,全程听见了蔡氏姐弟俩的杀人计划,忙不迭地来通知刘备。

刘备闻言,连夜逃回了新野。

等蔡瑁带人到馆舍时,刘备早没影了。蔡瑁见一计不成,又生一计。他劝说刘表在襄阳举办酒宴,邀请刘备来主持。蔡瑁打算直接在酒宴上设埋伏,拿下刘备。

刘备回到新野的第二天,就接到了一封来自刘表的邀请信,信上说:

"近几年年年丰收,我本打算近日在襄阳举行庆祝宴会,邀请文武百官都来参加。但我近日身体不适,只能由两个儿子代为主持,但他们还年幼,恐怕会有不周到的地方,所以想请玄德同去,代为看顾一二。"

见了这封信,刘备的谋士孙乾心中很是疑惑:"昨日主公才匆匆忙忙赶回来,有这事他昨天怎么不说呢?这次襄阳之行会不会有诈?"

刘备使劲一拍自己的头顶,颇有些后悔地说:"怕还真是冲着我来的。我昨天喝多了酒，说了不该说的话，唉！"说着，他将昨天宴会上发生的事讲给大家听。

关羽沉思了一会儿，说："刘表当时没有责怪的意思，后面应该也不会算旧账，就怕其他的人有坏心思。"

张飞立刻插话："既然有人不怀好意，那就不要去。"

"不去也不行。襄阳与新野离得这么近，不去反而会让他们怀疑兄长有二心。"

赵云在一旁接话道："主公，既然非去不可，不如由我陪您去。哪怕襄阳是龙潭虎穴，子龙也保您安然无恙。"

刘备一听也觉得可行，于是安排赵云带着三百马步兵跟自己一同赴约。

果然，酒宴开始没多久，蔡瑁便开始对刘备发难，想将刘备与赵云分开。

他假装好奇地问："玄德公，您身边的将军好生威武啊，他是哪位将军呀？"

刘备答道："这是常山人赵云，字子龙。"

"哦，原来这就是鼎鼎大名的子龙将军！外厅专门设了将军们的酒宴，可愿意赏光移步？"蔡瑁皮笑肉不笑地说，"襄阳城的将士们早就听说过你的名号，都想结识你呢。"

赵云手按着剑柄一动不动，蔡瑁却安排了好几个人再三来请，刘备磨不开面子，轻声示意赵云去外厅就座。

赵云只得领命而去。

蔡瑁又想了个办法将赵云带来的三百军士也遣返回去。而后，又让人悄悄将屋子围了个水泄不通。

奸计进展得很顺利，蔡瑁不禁放下心来，却没有注意到刘备身边多了一个人——伊籍。

伊籍做出一副正在敬酒的样子，用自己的身体挡住了蔡瑁投来的视线，低声对刘备说："玄德公快走。东、南、北三面有埋伏，走西门。"

刘备大惊失色，然后迅速镇定下来，假装笑骂道："好你个伊籍，竟然小瞧我的酒量,你等我去方便一下,回来再和你斗酒!"

说完,转身离开宴席,到后院找到拴在那里的的卢马,一个翻身跃上的卢马,猛抽一鞭,的卢马立刻像离弦之箭一般朝着西门方向去了。

守门的小吏拦不住他,连忙跑去告知蔡瑁。蔡瑁连忙召集人马去追,赵云发现了他们的骚乱,立马抢到一匹快马去追刘备。

刘备骑着的卢马冲出西门不过数里,就看见一条宽阔的溪水。襄阳本地人都知道,这是檀溪,虽然叫溪,但它有好几丈宽,水流湍急,骑马根本冲不过去。刘备终于知道蔡瑁为什么不在西门埋伏了。

他在檀溪边徘徊了好一会儿,都没有办法渡河。刚想掉转马头重新找路,就发现身后不远处尘土飞扬,蔡瑁的追兵已经快要追过来了,近得他都能听到喊杀声。

刘备眼前一黑,喃喃自语道:"难道今天就是我刘备的死期吗?"

想到这里,他又十分不甘心,硬着头皮用马鞭抽了抽马儿,祈求道:"的卢,的卢,你快跑呀!"

的卢马真的向前走了几步,走进溪水里,可是水里的淤泥太深了,的卢马的前蹄一下子踏空,陷入污泥中动弹不得,刘备的衣服也被打湿了。

眼看着身后的追兵快要到眼前了,还有人大喊着让他下马受死,刘备忍不住仰天长叹,问:"的卢啊的卢,他们都说你妨主,难道你今天也要害死我吗?"

的卢马仿佛听懂了刘备的哀号,它仰起脖子嘶鸣一声,肚腹收缩,鬃毛竖立,浑身的肌肉拧紧,下一刻,刘备就感觉到自己的身子随着马儿腾空而起,反应过来时已经跃过了檀溪。

刘备回头望向东岸,发现蔡瑁已经带人追到了溪边,心里只觉得后怕,这次真的是死里逃生,多亏有的卢马。

蔡瑁一行人也是一脸的不可置信,纷纷发出了惊呼声:

"他是怎么过去的？"

"刘备那马直接跃过了檀溪！"

"那是什么马？"

"好像是张武的的卢马！"

"不是说这马害主人吗？"

…………

蔡瑁被他们吵得心烦，直接呵斥他们安静，而后在脸上堆满了笑意，问："玄德公，喝酒喝一半你怎么跑了呀？"

"我和你无冤无仇，你为何要杀我？"刘备也质问他。

"没有的事，玄德公不要听别人胡说呀。"蔡瑁嘴上说着话，手却已经悄悄摸上了弓箭。

刘备看他拈弓取箭的架势，也懒得和他再费口舌，直接打马离去。

再说赵云，他只晚了一步，就失去了刘备的踪迹，没头苍蝇一般找了半夜，才终于从守门小吏口中逼问出刘备的方向。他一路追到檀溪边上，也看到对岸的一道水迹，只能祈祷主公是连人带马一起跳过去脱险了。想到这里，赵云赶紧带人回了新野。

趣味走链接

古代继承人的确立

古代的皇族和贵族，究竟是如何来确定继承人的呢？

一般有立嫡、立长、立贤、立爱这几种方式。

嫡子，指的是正妻生的儿子；长子，指的是年龄最大的儿子，他不一定是正妻生的；贤，指的是所有儿子之中品行最出众的那个；爱，则是所有儿子中最受宠爱的那个。虽然中国几千年的历史中，这几种继承规则都被实践过，但从整体来看，立嫡是主流，也就是说正妻生的儿子在继承权上赢面最大。

在本回中，刘表也在纠结立谁做继承人的问题。他的两个儿子一个是原配所生，一个是继室所生，都是嫡子。按理说，作为嫡长子刘琦的赢面更大一些，但是幼子刘琮更受刘表的宠爱，加上刘琮身后支持的势力更大，所以，刘表难免产生了"废长立幼"的想法。若真的如此，那就是"立爱"。